短命妻求反轉

下

風文創 1015

錦玉 著

目錄

第二十七章 …… 005
第二十八章 …… 017
第二十九章 …… 033
第三十章 …… 045
第三十一章 …… 057
第三十二章 …… 067
第三十三章 …… 081
第三十四章 …… 093
第三十五章 …… 105
第三十六章 …… 117
第三十七章 …… 127
第三十八章 …… 139
第三十九章 …… 149
第四十章 …… 161
第四十一章 …… 169
第四十二章 …… 181
第四十三章 …… 191
第四十四章 …… 203
第四十五章 …… 213
第四十六章 …… 227
第四十七章 …… 237
第四十八章 …… 251
第四十九章 …… 265
第五十章 …… 273
第五十一章 …… 283

第二十七章

聽了牙行老闆的話，林悠悠沒有立刻下決定。「能麻煩老闆帶我們去這兩處宅子看一下嗎？」

老闆笑著點頭。

牙行的位置不錯，在西街上，離東街近，就先帶兩人去了東街的那個宅子。宅子還挺新的，雖然在街角，但整條街都熱鬧得很，所以貴也有貴的道理。

老闆拿了鑰匙開了門，請兩人進去。

這宅子比較小，前面做了鋪子，後面是三間房，有一個小院子，小院子裡搭了一個半開的廚房，有灶臺一應等物。院子裡面種了一棵樹，卻沒有井。這要喝水，怕是還得每日請人擔來。

林悠悠看了，心中有數，就讓老闆帶著去另一處宅子。

另一處宅子在南街巷子尾，位置和前面那間是沒得比，雖然後面也是三個房間，但房間都比前面那個大，院子也寬敞。

院子裡同樣搭了廚房，還有一口井，吃用水都很方便；院子裡種了一排五棵桃樹，此刻，樹上桃花開得很好。

比較了一下，林悠悠更中意這個宅子，忍不住多逛了幾圈，仔細看了看，確定沒什麼大問題之後，就和老闆回了牙行，開始談租金了。

「老闆，我們比較中意第二個宅子，也是誠心想租的，你看看，價錢上能不能便宜一些？」

「這個卻是不行，屋主當時就咬死了，這個價格不能改。而且這宅子還緊俏得很，不愁租的。」

林悠悠也不是很擅長砍價，再看看劉彥。算了，讓個書生去砍價，也太為難他了。

「那我們就租這個宅子吧，今天就要搬進去住。」

「好，這個宅子是付一個月租金，押一個月租金。要是沒問題，我這就去寫個書契。」

那就是十二兩了。「好的。」

得了林悠悠的肯定，老闆就去後面寫書契了。

而這邊，劉彥連忙將銀子都給林悠悠。家裡給了十二兩，族中資助了十兩，剛才辦理入學交了束脩是八兩，剩下十四兩都給了她。

劉彥看著這些銀子，皺了皺眉頭。「做買賣銀子不夠的話，妳不用急，明日我就去找個抄書的活計。以後白天在書院唸書，我晚上抄書，不會讓妳餓著的。」

林悠悠失笑。「那可不要，沒剩多少時間了，你就好好在書院讀書，給我考個秀才回來。錢的事情不用擔心，我嫁妝還有剩下一些。反正做吃食買賣，不用準備很多東西的，銀錢夠了。」

對於這些，劉彥也不是很懂，但見她眉眼彎彎、沒有擔憂的樣子，劉彥就放下心來，不再說抄書的事情了。

老闆這邊書契寫好，林悠悠付了銀子，老闆就將鑰匙給了她。這屋子的主人搬到別的地方去了，屋子全權交給牙行老闆管理，以後林悠悠交租子或是有什麼事情，直接過來找牙行老闆就是了。

這下好了，總算有個窩了。不再耽擱，兩人先將東西放回了宅子裡。看了看天色，也到了午飯的時間，兩人就找了個攤子吃了幾個包子，喝了熱湯，就趕回了宅子。

今天要將宅子給收拾出來，不然晚上不好住人。

宅子還算乾淨，打掃起來還好，林悠悠將裡裡外外先掃了一遍，然後找了布擦了一遍。還好今日天氣好，曬一會兒就能乾。等著晾乾的時間，林悠悠看了看缺的東西，就又拉著劉彥出去採購了。

不帶著劉彥不行，她今天實在累，不想提東西。

油鹽醬醋、米麵糧食、鍋碗瓢盆……到了雜貨鋪，林悠悠真是覺得什麼都缺，什麼都想買，便花了一兩銀子。

付銀子的時候，林悠悠覺得自己的心都在顫。得趕緊將生意做起來，好早點賺錢，不然，這坐吃山空的感覺實在太不好了。

今日先安頓下來，明日再把前面收拾一下，花個兩、三日時間修整一番，儘快將前面的鋪子給開起來。

林悠悠今日真的是累得很了，本來是想出去吃的，但想著這銀子跟流水一樣花出去，還是自己做吃的，省點錢。

她打算做個青菜疙瘩湯就好。揉了麵團，拿了刀，嗖嗖嗖幾下片到了鍋裡，再切一點青菜，就是一碗鮮香撲鼻的青菜疙瘩湯了。

劉彥吃得額頭冒汗，很是滿足。雖然這一天東奔西走的，但是身邊一直有林悠悠在，一點也不覺得累，反而覺得很踏實、很歡喜。想著以後每日都能看到這個人，都能吃到這個人做的吃食，只覺得幸福得都要飛起來了。

而林悠悠吃完晚飯，真的不想動了，將碗扔給劉彥洗，自己則是就著剛剛做飯時候一起燒的熱水梳洗去了。

洗漱完出來，就看到劉彥在鋪床。好吧，劉彥就睡這間屋，她睡旁邊那間屋子。

她進了屋子，將自己的包袱提了起來，轉身準備走。

「娘子去哪裡？」劉彥很是疑惑。都這麼晚了，還要去哪裡？

林悠悠很自然地回答。「你睡這間屋，我去隔壁的屋子睡。」

劉彥只覺得腦袋像是被一把大槌給搥中了，嘴裡澀澀的。「我們不是一直都睡一張床嗎？」

林悠悠這下才反應過來。兩人分房睡這件事情，她自己心裡這樣想了，理所當然，卻還沒有和劉彥說過。她以為這是兩人心照不宣的事情，但現在看劉彥的面色，像是自己拋棄了他一樣。

林悠悠頓時覺得腦袋有點疼，解釋道：「你馬上就要考試了，如今正是要安心唸書的時候，我不想打擾你。」

劉彥想說不會，但看她一雙大眼睛看著自己，讀懂了她心裡的話。她是不是心裡還有那個陳德中？不知怎的，心裡就忍不住亂七八糟地想了起來，微微垂著眼睛，一副被拋棄了的可憐樣子。

林悠悠頓時有些無措。「我沒有別的意思……」

劉彥卻是抬起頭來。「那我們還是像以前一樣吧，我不會亂來的，依舊是規規矩矩地睡自己那側。」

林悠悠不說話。前面是沒條件，現在有條件了，她還是想自己睡一間屋子。

劉彥卻是不放棄。「那妳睡床上，我在床邊搭一個小床。讓妳一個人在這陌生的地方睡，我實在不放心。」

林悠悠咬了咬嘴唇，有些為難。

「那我睡門口吧。」劉彥的聲音裡滿是失落，卻一副一定要睡在離林悠悠近的地方的樣子。

林悠悠真是拗不過對方。好吧，反正也不是沒一起睡過。兩人各睡一側，井水不犯河水，那就這樣吧。

林悠悠將東西都收拾出來就上了床，到了裡側躺下。這一天真的是累極了，她沒一會兒就睡著了。淺淺的呼吸聲傳來，劉彥忍不住露出笑意。

他坐在床邊，伸手給林悠悠理了理髮絲，心裡暗暗想著，既已喜，又怎肯放手。

好好睡了一覺，次日醒來只覺得神清氣爽，林悠悠渾身都是勁，帶著劉彥去買菜了。回來後，暫時沒劉彥什麼事情，他就去房間溫書了。總共三間房，兩人一起睡了一間房，剩下的兩間，一間拿來給劉彥做書房，一間拿來放雜物，倒是也不錯。

林悠悠去了前面鋪子。鋪子不大不小，也能放下幾張桌椅板凳。花了這麼多的租金，這個鋪子自然是不可能閒著的，要拿來做吃食生意。

旁邊相鄰的兩個鋪子，一個是賣酒水，一個是賣點心。賣酒水的店鋪應該是老字號，店鋪挺有年頭，來買酒的人都和老闆很熟，生意很是紅火。

另一邊那家賣點心的，生意就冷清了。老闆是個中年婦女，生意不好，連著臉上也是愁雲慘霧的。

林悠悠這個鋪子還算比較新，倒是不用大動，卻得找人來打灶臺及桌椅板凳。想了想，桌椅板凳這些倒是不用全新的，買些用過的也成，也能省一些錢。

不過，還是要想好，做什麼吃食買賣呢？做熱食太累了，她就一個人，吃不消；要招人的話，一下子也不知道找什麼人，可靠不可靠？那就得做些方便的。

有了，她就賣滷味吧！這個前面準備好了，後面有人來買，切一下就好，比較輕鬆。

越想越覺得不錯，林悠悠就定了滷味。

定了吃食，其他的東西就好說了，林悠悠風風火火忙了起來，找人做灶臺、買桌椅。對了，這鋪子這麼大，光賣外帶的也可惜了，也可以準備一些米飯麵條，到時候切一些滷味，也可以進來吃。

至於店鋪名字，林悠悠昨日就想好了，叫「食百味」。林悠悠找了劉彥，讓劉彥用紙寫了這幾個字，然後去外面找了師傅用木板刻了這三個字，到時候開業那日再掛上去就好了。

雖然店鋪不準備大動，但林悠悠還是決定買一些簡單的東西布置一下。這還是她在古代第一次開店鋪呢，很有意義的。

她買了一些鮮花，拿來做成乾花，到時候放在吃食鋪子裡。又畫了些圖案，找木工做了擺件放在鋪子裡。

搭灶臺的師傅說灶臺需要花費兩日功夫，再晾上兩日才能用，林悠悠就決定五日後開張，先去買一些米麵備著。

而劉彥也在第二日去了書院，林悠悠則是忙忙碌碌地在鋪子裡面轉著。

過了四日，店鋪終於打理好了。前面的大堂和後面的廚房，她用簾子隔開。前面整齊擺放了五張桌椅，有的是四人桌子，有的是兩人桌子，錯落有致，看著倒是也整齊別致。最特別的就是靠近門口的地方有一個櫃檯，檯面很寬，上面還被分成一格一格的，這是林悠悠打算拿來放滷味的地方。

明日就是開業的日子，林悠悠也沒有做什麼宣傳。滷味擺上去，那味道飄出去，就是最好的宣傳了。

明日開業，今晚就可以將滷味燉下去，等到明天早上剛剛好。

林悠悠去買了食材及各種香料調味料，回來就在廚房裡面忙碌了。

晚上，劉彥回來的時候，就看到她心情很好的樣子。他一邊吃飯，一邊道：「有什麼好事嗎？」

「嗯，明日前面的鋪子就開業了。」林悠悠笑咪咪的。

劉彥手上的動作就是一頓，道：「那我明日留下來幫妳。」

「不用，我一個人忙得過來。」而且劉彥留下來也幫不上什麼忙呀！他又不會做吃的，也不會刷鍋洗碗，也不是機靈的小二，算了吧，男主角還是好好唸書，走他的科舉仕途。

劉彥幾次建議自己幫忙，都被林悠悠拒絕，只好放棄了。但是想著，明日中間抽空跑過來看看，若是忙得過來就好，忙不過來就來幫忙。

一夜無話，第二日，林悠悠就將鋪子給開了。

旁邊賣點心的老闆娘第一個注意到，當即跑了過來。她注意這家店鋪很久了，前幾日就聽到裡面叮叮咚咚地裝修，只是沒怎麼遇上老闆。問做灶臺的也說不清楚老闆打算做什麼吃食，只知道肯定是要做吃食的。

做吃食的，那和自己這個糕點就有可能衝突，蓮嬸有些慌。她這鋪子生意本來就不好了，要是再被人一擠，就更沒活路了，所以日日都盯著。

今日一見這邊開門了，還走出來一個標緻的小娘子，忙就過來了。

「妳是這家的？」蓮嬸有些吃不準林悠悠的身分。

林悠悠笑道：「我是這家鋪子的老闆，我夫家姓劉。」

「哦，原來是劉小娘子。我是隔壁這家點心鋪的老闆，妳不介意就叫我蓮嬸。」蓮嬸面上露出了一個笑意。「妳這做的是什麼吃食買賣呀？」

「賣熟肉，還有米飯和麵條。」

聽到這話，蓮嬸的心就落了下來。和自家的點心不衝突，面上的笑意就真誠了許多。

「需不需要幫忙？」

林悠悠笑道：「倒是有個忙需要蓮嬸幫。請蓮嬸幫我試試味道，我這初來乍到的，也不知道做得好不好吃。」

蓮嬸知道這話是客氣了，這今天都開業了，哪裡還需要自己嘗味道？不過這是新鋪子，蓮嬸也確實好奇，就默認了。

林悠悠去後面廚房切了一點豬頭肉，裝了碟子就出來了。

蓮嬸看上面的肉顏色金黃，很是好看，鼻尖都是那股香味，跟個鉤子一樣，才吃了早飯的蓮嬸都覺得食指大動。她接過了碟子筷子就嘗了起來。

這一嘗，眼睛頓時亮了。這是什麼神仙味道，可真是好吃！

幾筷子下去，碟子上的肉就沒了。

吃完，蓮嬸才覺得有些不好意思，笑著對林悠悠說道：「妳這肉做得可真是好吃，我這吃了都停不下來了。」

「蓮嬸過獎了。」但對於自己的手藝，林悠悠自然是有信心的。「那蓮嬸我這邊先忙了，得空了再過來找妳聊天。」

「好，妳忙吧。」

林悠悠便忙了起來，將滷味拿出來。

滷味有豬腳、豬頭肉、大腸、小腸、腿包肉、醬排骨，一個一個地放好，也將相應的牌子放在旁邊。

她轉身又進了店鋪裡面，將寫好的菜單掛了出來。

第一列是滷味的名稱和價格，第二列則是米飯麵條的價格。一切準備就緒，就等著客人來了。

這條街是南街，比較魚龍混雜，而她這兒還是巷子尾，在街道上不太看得見這家店鋪，得路過這個路口才能看到。再裡面也就是那家酒肆了，但人家是老字號，不怕位置偏，生意照樣好。

旁邊有個生意紅火的酒肆，她也是可以跟著沾光，但今日也是不巧，酒肆沒開門。林悠悠看到上面貼了張紅紙，寫著東家有喜，歇業三天。

好吧，她也只能憑本事吸引客人了。

第二十八章

南街上傳來了一陣又一陣的香味。那香味是從來沒有聞過的，肉香勾人，將肚子裡的饞蟲都勾出來了。

離得近的人不用詢問，直接循著味道就找到這家新開的店鋪；離得遠一些的，只覺得那味道時遠時近，有的人就慢慢找著。

蓮嬸家裡本來也沒什麼生意，今日，林悠悠這邊第一天開業，剛才又吃了人家的肉，自覺應該過來幫忙，所以也站到了林悠悠身邊。自家那邊就交給了小閨女，反正沒幾個客人，小閨女能應付得過來。

東西才擺出來沒一會兒，就有個老太太領著個胖孫子過來了。一邊走，那胖孫子還一邊嚷嚷著。「好香好香，奶奶我要吃肉！要吃肉！」

「好，乖孫，奶這就帶你去。」

兩個人說著話就到了林悠悠這邊。老太太看著擺放在門口木櫃子上各種香噴噴的肉，一個個色澤誘人，香味縈繞鼻尖，別說胖孫子，自己都想吃了。

「老夫人看看，要不要來點？」林悠悠站在一邊，笑咪咪問著。

老太太本來要問價格的，一抬眼，看到旁邊有塊招牌，上面已經將價格都寫了。

老太太看了看，就道：「豬耳朵給我切半斤，豬蹄一斤。就這些，包起來，我帶回去。」

「好的，老夫人稍等。」

第一筆生意上門，林悠悠動作索利地幹了起來。只見她行雲流水，漂亮至極，那刀跟有生命一樣在手上來回運轉，就見肉切好了，一片一片的，跟被尺量過一般。

林悠悠分別用油紙包了，遞給老太太。老太太付了錢，牽著流了口水的胖孫子回家了。

似乎是老太太的第一筆生意帶來了人氣一般，緊接著陸陸續續有不少人過來光顧。有的買得少，就要二、三兩的，也有那財大氣粗的直接買了五斤。

第一天開業，林悠悠也不知道這裡的生意好不好做，沒做多少，總共才做了一百斤的肉，快中午的時候就賣完了，直看得一邊的蓮嬸眼珠子都紅了，嚷嚷道：「妳這生意也太好了吧！哪天我這家糕點店真開不下去的時候，我就過去給妳打工吧！到時候，妳可一定要收留我。」

「蓮嬸真會說笑，妳可是老闆娘，給我幫忙，我可不敢，也開不出老闆娘的工資來。」林悠悠笑著給回了。

蓮嬸就沒繼續說了。她確實是開玩笑的。她是個寡婦，不過家中頗有資產，即使這家店鋪開不下去，日子也是不愁的。她們家在城中還有三家鋪面，光靠吃租金就夠生活，會開這家糕點鋪，也是因為自己實在喜歡。反正自家的鋪子不要租金，賺多少都是自己的。

蓮嬸見林悠悠這邊東西都賣完了，收拾東西準備關店鋪，就轉身回了自己的鋪子。

林悠悠將店鋪收拾一番，看了下天色，不早了，忙去了後面做午飯。

劉彥每日都會回來吃午飯，風雨無阻。

時間有點趕，林悠悠就著現有的食材打算做個大骨湯麵，到時候再炒個青菜，兩人吃足夠了。下午店鋪不開門，再去市場買點菜，晚上再做點好吃的。

林悠悠將麵條準備好了，算了算時間，想著劉彥差不多要回來了，就將麵條下到骨頭湯裡。果然，麵快好的時候，劉彥就回來了。

劉彥直接來了廚房，看到林悠悠，就先露了個笑來。

看到他笑，不知怎的，林悠悠也露了笑意。

劉彥就過來拿碗筷，一邊問道：「今日的生意如何？我本來是想要提早一些回來幫忙的，但是今日老師的朋友過來，一定讓我過去作陪。說是這個朋友在汝寧府也是極有名氣的，一手文章不僅作得好，還曾經教出過一甲進士，所以一定讓我也去聽一聽，對我考試有好處。」

說完，他就看著林悠悠，眼巴巴的，生怕林悠悠生氣。

林悠悠根本就沒打算讓劉彥來幫忙。劉彥一個斯斯文文的讀書人，讓他幫自己切肉嗎？

她看了看鍋裡的麵條，差不多了就撈起來，一邊不在意地道：「沒事，今天準備的東西少，早早就賣完了，下午也沒打算開門，一個人綽綽有餘。」

劉彥就點了點頭，心裡有點失落。他想幫忙，但是聽對方的語氣似乎覺得自己幫不上什麼忙。仔細一想，自己確實不擅長洗碗、招呼客人，頓時心裡有幾分洩氣。想對她更好一些，讓她知道自己的心意，卻不知道該怎麼做。

林悠悠就發現劉彥今日吃飯時有些沈默，都不說話。雖然平日裡也話少，今日卻是沒話說，看著還有點悶悶不樂的樣子。

不過林悠悠也沒多想，可能是今日學問上遇到了什麼困擾。

吃過午飯，劉彥又趕回書院了。這樣，他都沒有時間午休，看著很是累人。若是住在書院裡，在書院的飯堂吃飯，雖然菜色不如家裡，但時間可以省下來，能在宿舍裡睡一覺，下午才會更有精神。

林悠悠記住了這件事情，想著中午總是讓劉彥這樣來回跑也太辛苦，太耽誤學習了。

下午，走在街上採購的時候，林悠悠想著要不然中午去給劉彥送飯吧！送到書院門口，讓劉彥帶進去吃，晚上再將飯盒帶回來就是了。

宿舍的話，申請一間午休，這樣就兩全其美了，或者讓劉彥晚上睡在宿舍也是可以的。

林悠悠頓時心情都好了，這真是一個好主意。

雖然是下午去市場，但還是有很多新鮮的海鮮。百麗城旁邊是湖，魚蝦蟹很是豐富，養活了周邊很多漁民。林悠悠買了蟹，打算做個蟹肉煲。來這裡這麼久了，還是第一次吃到海鮮呢，心情很是美好。

回到家的時候，她一邊開心地哼著歌，一邊處理蟹。

等劉彥回來的時候，才走進院子，還沒看到他的小娘子，就先聽到了那帶著愉悅的調子。頓時，什麼煩惱都沒有了，心情也跟著飛揚了起來。他快步走了進去，站在廚房門口，看著林悠悠在那裡烹飪美食，只覺得這是一件極為愉悅的事情。

似乎只是這樣看著她嬌豔的眉眼，如月光般溫柔的面容，就想這樣能夠到天荒地老、地久天長，那就是最大的幸福了。

林悠悠完全投入到美食當中。她喜歡美食，喜歡那種美味在舌尖味蕾上綻放的感受，也喜歡烹飪處理美食的過程，身心完全投入，心無旁鶩，於她而言是一種享受。

等到蟹肉煲做好了的時候，林悠悠一邊將東西拿出來，一邊想著劉彥回來了沒有。一轉頭，就看到他正站在門口，眉眼此刻恍若含了生機，帶了春意。那目光像是帶了溫度，她只是看一眼就覺得臉發燙，連忙轉過臉去，走到一邊將碗筷用熱水燙一下。

「將飯菜端出去吧！」林悠悠小聲說著。

劉彥將飯菜端了出去，林悠悠也將碗筷拿了出來。兩人開始吃飯，劉彥一邊吃，一邊忍不住偷偷看她一眼，突然有些懂了書中說的秀色可餐是什麼意思了。只覺得對面坐著的那人，比這飯菜更美味。

一個大活人坐在對面看著自己，林悠悠怎麼可能感覺不到？她無奈地抬頭，瞪了劉彥一眼。「你不吃飯，一直盯著我看做什麼？」

於是劉彥趕緊吃飯。他想說，因為喜歡妳，所以想要一直看著妳。但這樣的話，卻說不出口。

過了一會兒，林悠悠想起了事情，說道：「如今你學業越來越緊了，我想著，你要不然搬到書院的宿舍去住吧！要是書院的飯菜不可口的話，我抽空去給你送幾餐飯。」

天降霹靂不外如此。劉彥整個人都僵住了，本來要吞下去的飯，此刻就硬生生地卡在那裡。他抬起頭來，不可置信地看著林悠悠，那雙黑黝黝的眼睛竟然滿是委屈，好像是被拋棄的小狗一般。

看得林悠悠都覺得自己是做了什麼十惡不赦的事情一般，可自己這都是為了他好啊，而且到時候還要抽時間去給他送飯，自己也不輕鬆啊！

林悠悠也不高興了，瞪了劉彥一眼，低頭吃飯，不去看那雙讓自己的心也有點痛的眼睛。

林悠悠沒有理會劉彥，專心吃飯。今日的晚餐可是自己精心烹飪的，是自己愛吃的菜，本該開心，但是美味的蟹肉放入口中，她也沒有覺得開心。

對面的劉彥心情更是糟糕。他忍不住想了很多，想到那日的約法三章，所以，她哪天會突然離開自己嗎？他要收回那日的話，他們已經結髮為夫妻，是拜過天地父母的夫妻，就該白頭偕老的。

他抬起頭來，想要說那日說的話都不作數，但就是有些出不了口。若是對方真的想要離開，自己這樣說會不會讓她厭煩，以為自己妄圖用婚約束縛住她。劉彥在那裡左右糾結，心肝都要被揉碎了，眉眼之間全是煩惱，素來冰雪玉樹一般的少年郎，此刻滿身都是愁滋味。

林悠悠好不容易覺得氣消了一些，抬起頭來，看到的就是劉彥滿身是愁的樣子。再看他，碗裡的飯才吃了一小半，也不是沒動筷子，只是每次動筷子都是一粒米一粒米地吃著，菜是一口也沒挾，一副心不在焉的模樣。

看他這樣子，林悠悠突然覺得自己氣不起來了。這個人，說不定心裡想什麼去了。

林悠悠吃飽喝足，心情還可以，放下筷子，溫聲解釋道：「我今日想著你快要考試了，必定辛苦勞累。每日中午還要趕回來吃飯，都沒得午休，更是耗費精力，才會提出讓你在書院宿舍休息的。而且我也計劃好了，到時候給你送飯菜，這樣你既能夠好好休息，還能夠吃到營養好吃的飯菜，兩不耽誤。」她說到這裡頓了一下，瞪了對面的劉彥一眼。「可惜你不接受我的好意，還給我甩臉色。」

劉彥頓時只覺得原本快要被揉碎的一顆心突然被治癒了，被泡在溫水裡，暖乎乎的，整個人舒坦極了。

只是這開心還沒持續一會兒，聽到林悠悠後面的話，忙解釋道：「我沒有，我怎麼可能會給妳甩臉色？我只是……只是……」

劉彥平日是文思泉湧，對答如流，但此刻回答林悠悠的時候，卻是結巴了，不知道該怎麼說。他真想要大聲說「我只是喜歡妳」，但這樣直白孟浪的話，他說不出口，怕唐突佳人，將小娘子給嚇走了。

他漲紅了臉，在那裡絞盡腦汁地想著，最後磕磕巴巴地道：「我以為妳嫌棄我，所以要將我趕出門呢……」

這般說著的時候，劉彥一雙黑眸濕漉漉的，像是小狗一樣。

要命了，林悠悠覺得劉彥這樣實在是太犯規了。本來是一個古板清冷的少年郎，此刻卻像是小狗一樣，這反差萌差點讓她繳械投降。

「我知道了，你不嫌累的話，就還維持原樣吧。」林悠悠轉開頭，扔了這樣一句話。

劉彥咧開嘴，笑得有點傻氣，和平日裡一點都不一樣。

「別笑了，醜死了，快吃吧！」

林悠悠一邊嫌棄，一邊給劉彥挾菜，將劉彥的碗裝得滿滿的，跟小山一樣。

劉彥頓時覺得滿心滿眼都被歡喜占滿了，吃著飯菜，都帶著甜似的。

次日，林悠悠開了店鋪，門一打開，差點沒嚇一跳，因為門口站了五、六個人。

「你們怎麼……」林悠悠目光掃了掃，不太確定地問著。

有一對祖孫是昨日買滷味的老婦人和胖孫子，還有一個是中年婦人，頭上包著帕子，看著也是個乾淨俐落的。剩下三個則是比較突出的，站在中間、明顯為首的是個壯漢，臉上還有一道疤，看著就很凶狠。

這三個人看著像是來鬧事的，林悠悠才會不確定地問。

那三個人還沒回答，來買過的老婦人就先開口了。「妳這店家，怎麼這麼晚才開店？我這都等了一盞茶的功夫了。快給我豬蹄、豬耳朵、腿包肉、紅燒肉都切點。妳家這肉做得太香了，全家都愛吃得不行，昨天買得少了，家裡人才嘗了個味兒就沒了，所以今兒個我就又過來了，沒想到妳還沒開門，可是讓我好等。我說老闆，妳這可是不行，做生意就得勤快一些，不然客人都跑了，妳還怎麼做生意賺錢？」老婦人一邊說著，一邊走進了店鋪。

林悠悠也不惱，笑咪咪地點頭應是，按照老婦人的要求將肉切好裝好，老婦人付了錢就走了。

然後是那個中年婦人，要了一點豬大腸。林悠悠很快給對方切好裝好，對方付了錢也走了。

接著就輪到那三個大漢了。

「每樣都給我來十斤。」為首的大漢開口就是這話，差點嚇得林悠悠將手上的刀扔出去。所以這三個人真的是來鬧事的嗎？不然怎麼會要這麼多，哪裡吃得完？

「這麼多，要是吃不完容易壞的。」她提醒。

那個凶狠的大漢竟然臉紅了，磕巴道：「吃得完……我們武館……人很多的。」

林悠悠差點驚到下巴掉下來。好傢伙，原來是個外表大漢，內心裡面裝著個羞澀少年的人嗎？她倒是放下心來，原來是開武館的，那就難怪。

林悠悠處理好這一單，剩下的肉也就兩百多斤了。陸陸續續有一些路過的人被香味吸引來買，昨天的回頭客也有一些，總的來說生意不錯，今日準備的三百斤到了傍晚就賣完了，林悠悠挺滿意的。

在旁邊鋪子的蓮嬸看得眼珠子都差點紅了，忍不住過來道：「妳生意這樣好，怎麼不多準備一些？現在才傍晚，還能賣一會兒的。到了晚上，妳可以在門口擺兩張桌子，再搭點酒，生意應該也不錯。」

這樣一說，林悠悠眼前一亮，確實，這滷味要是搭著酒，那更是越吃越有味道了。只是現在就她一個人，白日開店已經很累了，晚上再開的話，她怕自己吃不消。但是，賺錢的買賣，如果就這樣推出去，也太可惜了，看來還是要招人。只是她這人生地不熟的，也不知道誰可靠，還是去找牙行吧！上次租房子的那個牙行老闆就不錯。

這樣想著，林悠悠看了看天色，還早，趕著去一趟，還來得及回來做晚飯。

「蓮嬸，我突然想起來有件事情急著去辦，就先不聊了。」

她將店鋪關了，就匆匆去了牙行那裡。

到了牙行的時候，就看到牙行老闆和一個年紀頗大、穿著得體講究的老婦人在說話，兩人臉上都帶著笑。

牙行老闆看見林悠悠過來，笑道：「劉夫人生意做得紅火啊！」

「老闆說笑了，我那是雞毛蒜皮的小生意，你這裡可都是大生意，成交一樁，夠我忙活大半月的。」

牙行老闆連忙擺手，連連說小本買賣。

林悠悠便說起了自己想要招人，問牙行老闆手上可是有合適的人選。

牙行老闆當即笑了，轉頭看了看旁邊的老婦人，介紹道：「也是巧了，這是桂婆，我這裡買賣的人手都是她那裡過來的。」

林悠悠就看向桂婆，笑著問好。

桂婆看著是個很和善的人，白白胖胖的，很是富態。她笑著看向林悠悠。「我手裡恰好有三個人，今日都帶過來了，妳看看。」

桂婆就對著內室拍了拍手，三個人魚貫而出。

這三個人分別是一個中年婦人，一個少女，還有一個老頭子。

中年婦人看著倒是健壯，但左臉上有個很大的疤痕，像是燙傷的，看著有些嚇人。

而那個少女，說是少女，看著跟豆芽菜一樣，臉色蠟黃，身體也是瘦得跟麻稈一樣。人也是膽小畏縮，一直低著腦袋不敢抬頭看人，要是雇這個回去，怕是還得先養一養。

老頭子倒是看著周周正正的，但是年紀偏大，跟劉老漢差不多，回去能幹活嗎？

林悠悠一時間也為難，三個都不是很合適。

似乎看出了她的不願，桂婆解釋道：「這三個人在我手上好長時間了，人手都走了幾茬了，就這三個人一直沒人看上。如今我手上就剩下這三人，其他的沒有了。我看小娘子是個心善的，也別雇了，直接買了吧！這三個妳一起買走，我給妳算便宜一點。」

「不用，我才開了鋪子，沒有銀錢了，所以才說要雇人。」

桂婆似乎很中意林悠悠這個賣家，聞言沒有放棄，反而繼續說道：「這樣吧，我和妳也算是有緣，這三個人妳全買走，我就收妳十兩銀子，如何？十兩銀子，可是有三個人手。妳要是隨便雇一個人，一個月也要好幾百文的，這樣下來算到每個人頭上，一個人也才三兩多銀子，雇一個人不到半年都要這個銀錢了。妳看是不是很划算？走過這個村，就沒這個店了。」

林悠悠還真有點心動了。不過心動也只是一瞬間，她很快調整好心情，決定再了解了解才行。

她看向三人。「你們每個人各自介紹一下，說下什麼原因被賣的。」

話落，那中年婦人就開口了。「我叫陳招娣，原來是大戶人家的廚娘，後面主子們鬥法，我被連累，就在我臉上刺了賤字，將我趕了出來。我頂著刻了一個賤字的臉回到家裡，不管是男人兒子孫子都不肯要我。走投無路之下，我就自賣自身了，輾轉了幾次人手，後面就落到了桂婆手裡。」

林悠悠頓時認真去看陳招娣的臉，卻不見賤字。「妳的臉上……」並沒有字啊，反而是燙傷的。

桂婆就接了這話。「喔，她臉上帶著那樣一個字，看到的人都嫌晦氣，誰肯買她？所以我就用滾燙的水給她臉上燙了一下，這不就看不到字了？醜是醜了點，也嚇人了點，但比起原先好多了。」

林悠悠頓時心底一陣發寒，這個桂婆可不像表面看去那麼和善，能夠輕描淡寫地說出用開水燙臉這種話來，可見心性不一般。

林悠悠再看向陳招娣，卻見對方低眉順眼，一副淡然模樣，不知道是被日子逼迫成這樣，還是都藏在心裡。

她走過陳招娣，到了那個少女身邊。還沒說話呢，桂婆就先發話了。「抬起頭來。」像是反射一般，那個少女立刻抬起頭來。

林悠悠頓時知道原因了，不是因為她瘦得像是麻稈，而是她的臉很黑，黑得跟炭一樣，怕是在晚上都看不到這個人。

那少女小聲介紹起自己。「我叫黑丫，因為家裡孩子多，又窮，爹就將我給賣了。」簡單說完，黑丫就將腦袋低下去，但很快又抬了起來，看向林悠悠，一雙眼睛很亮，襯著黑漆漆的面容，越發顯得那雙眼睛亮如星子了。

「我吃得很少的，而且很乖很聽話，能幹很多活兒，夫人買了我吧！」這般說著的時候，黑丫最後甚至還帶了哭腔。

好吧，這個也挺可憐的。

還有最後一個。她看向那個老頭。對方眉眼耷拉著，有些沒精神，但看到林悠悠站到面前來，還是打起了精神，介紹道：「我姓余，大家都喊我余老漢。我是被自家那不肖子和兒媳給迷暈了賣掉的，嫌我年紀大，幹不動活兒，只能吃白飯。」

余老漢話落，看著林悠悠，目中有著期待。

「那你有什麼手藝，我買你回去，總不能白養著吧？」

余老漢趕緊道：「不會的，我雖然年紀大了，力氣比不上年輕人，但幹慣了活兒，力氣還是有一大把，劈柴挑水這些粗重活我都能幹的。您是開吃食鋪子的，晚上我可以住在店裡看家護院，還省了買狗的錢。」

那是一張憨厚樸實的農家面容，此刻看著林悠悠，一雙眼睛裡都是期待和渴望，看得她心都軟了。如果不是碰到不肖子孫，這樣的年紀該是含飴弄孫、頤養天年，現在，卻是將自己和狗比較，低微到了塵埃裡。

三個人的介紹都聽完了，總結一下，陳招娣、黑丫和余老漢是各有各的慘，也各有各的短處。若是買一個的話，林悠悠更傾向於陳招娣。首先她年紀正好，正是壯年能幹的時候；至於臉上難看，可以放在後廚打下手洗碗什麼的，倒是不怎麼妨礙。

黑丫和余老漢也挺可憐的，要是此刻很有錢的話，那肯定直接全買了，就當做善事。但現實是她手上只有一兩銀子。雖然還有當初賣食譜剩下的十五兩私房，但那是她攢起來到時候跑路用的。

她一時間有些糾結，是顧著自己，還是買了這三個人？

了。」

看到她為難，桂婆就對著那三人說：「你們要是再賣不出去的話，那待遇可就要更差

話一落，林悠悠就聽到撲通撲通的聲音，轉頭一看，三個人都給她跪下了。

第二十九章

林悠悠嚇了一跳，哪裡見過這樣的架勢。這一跪，頓時讓她更加動了惻隱之心。她仔細想了想，黑丫買回去也是能幹，可以在外堂跑腿、點菜、上菜。反正就一個小丫頭，也吃不多，這孩子還這麼小，能幫就幫一把吧，不然也不知道最後會落到誰的手裡，她也不忍心。

至於余老漢也有用處，劈柴挑水、看家護院的，也是能用得上的。

定了主意，林悠悠就看向桂婆。「這三個我都要了，看能不能便宜一點，我這剛開了鋪子，手上錢不太夠。」

一下子能夠將這三個只會吃白飯的賣出去，桂婆心裡高興，就笑道：「妳誠心想買，我也誠心想賣，那就便宜一點給妳；九兩銀子，一個人才三兩，真的不能再少了。怎麼樣，小娘子要是同意，待會兒就可以將人領回去幹活。」

能少一點是一點，這也算是意外之喜了。

兩人談好價格，接下來就是由牙行老闆幫忙經手，走一下手續了。

牙行老闆立好了書契，兩人看了沒問題，都簽字按手印，這樁買賣就算成了。

桂婆也將三人的賣身契給了林悠悠。這以後，陳招娣、黑丫和余老漢就是她林悠悠的人了。

這邊事了，林悠悠也不耽擱，當即打道回府，後面則是跟著三個人。走到外面一看，天色竟然已經挺晚了。這個時候，劉彥應該已經回來了，待會兒沒看到她在家裡也沒在店鋪裡，怕是會擔心。

這樣想著，林悠悠的腳步就加快了幾分。到了家裡，正要進門的時候，差點和匆匆往外跑的劉彥撞了個正著。

劉彥忙往旁邊一躲，伸手將她一扶，這才讓林悠悠沒跌倒。

「沒事吧？怎麼樣了？怎麼這樣晚，妳去哪裡了？在家裡跟鋪子裡都沒有看到妳。」

林悠悠解釋道：「我在鋪子裡一個人忙不過來，就想著要雇幾個人，去找了牙行那邊。那邊沒有合適的人手，就給我介紹了後面這三個人。我覺得還可以，就簽了書契，買了這三人。」一具體也簡單地說了下三人的情況。

話落，林悠悠猛然想起了一個重大失誤。

劉彥可不知道她有私房錢，這買人的九兩銀子哪裡來的？他定然會疑惑，會問她吧？

這般想著，林悠悠就抬頭去看劉彥，卻見他面色自然，反而是打量起那三個人來。

黑丫被他那如風霜一般的目光看得身子瑟縮不已，顯然是害怕得不行。余老漢也好不到哪裡去，頭也低了下去。反而是陳招娣還算是淡然一些，但也沒堅持一會兒，眼睛就垂了下來，不敢對上劉彥的鋒芒。

林悠悠就小聲道：「進去吧，別在這裡站著了，待會兒大家都過來圍觀了。你餓了吧？我去做晚飯。」

聽到後面半句話，劉彥的眼睛裡頓時忍不住露出了笑意，聽話地進門了。

林悠悠轉頭對三個人說道：「你們也進來吧。」

三個人跟著進了院子，她指了水井和臉盆的位置，讓三個人先將臉和手洗一下。

說完，她去了廚房。今天留了一些滷味，並沒有準備很多食材，只有角落裡的一顆大白菜。這下多了三個人吃飯，光是滷味和米飯就不夠了。想了想，林悠悠決定做個白菜滷肉蓋飯，這樣比較快。她很快地將米洗好，蒸下去，這邊就開始清洗白菜、切菜，一切準備好，就等著米飯熟了，再炒個白菜滷肉淋到米飯上就可以了。

米飯還要一些時間，林悠悠就去了院子裡，看下三個人怎麼樣了。

到了院子，就看到陳招娣在打掃院子，黑丫拿了塊抹布到處擦拭，而余老漢在修剪院子裡面的樹，將影響過道的枝椏給剪了。

林悠悠看了，心裡暗暗點頭。不錯，眼裡有活兒，而且分工也明確，不會說三個人胡亂幹活。若是這三個人都是這般手腳麻利，性子也可以，那她可算是賺到了。

林悠悠觀察了一下，就拍了拍手，將三個人聚集過來。

三個人放下了手中的活計走過來，林悠悠開口道：「陳嬸，妳和黑丫就住在次臥這房間，裡面床都是現成的。余伯的話，就住在店鋪裡面，晚上幫忙看著店鋪。」

三個人連忙點頭應下。

住的地方安排妥當了，吃的話，肯定是和他們一起吃的。接下來就是分工幹活了，家裡的活計、店鋪裡的活計都要安排分配一下。如今買了人，自然不會什麼都自己攬著做了。

「挑水劈柴還有樹的打理，一些粗活就是余伯負責。其他的洗衣做飯洗碗灑掃這些，陳嬸妳帶著黑丫做。」做飯的話，明日家裡就讓陳招娣做了，她在旁邊看著，適當提點一番。「店鋪裡，陳嬸在後廚幫忙做飯洗碗，黑丫在前面幫我，余伯就負責採買東西。」

暫時先這樣安排，再觀察一番適當調整就是了。

三個人自然應下了，都挺滿足的，也挺期待的。現在這個新主子看著性子就好，說話溫柔，安排的活計也不重，也許會是個新開始。

這邊安排妥當了，林悠悠就進了廚房。米飯已經熟了，她開始炒菜。滷肉都是熟的，炒個白菜，最後再將滷味放下去，炒出湯汁，然後往米飯上一淋，瞬間香味四溢。

她拿了五個盤子出來，先打了米飯，將白菜滷肉往上一澆，滷肉蓋飯就好了。第一頓飯，她多做了一些，總要讓人家吃飽飯才是。

五份蓋飯都好了，林悠悠喊了陳招娣進來幫忙端去堂屋。五人落坐，陳招娣三人一開始還有些拘謹，待飯菜都上來，嘗過一口之後，心裡眼裡手裡都只有美食，再想不起來其他事情了。

林悠悠真沒看出來，最能吃的竟然是黑丫。那丫頭看著是最瘦的，吃的卻是兩個成年人的飯量。

吃完飯，陳招娣帶著黑丫洗碗和收拾廚房，林悠悠則是在院子裡消食。劉彥則是鑽到書房去復習功課了。他如今正是緊要關頭，自然是勤勉非常，一刻都不敢放鬆。

如今天氣越來越熱了，這麼早回房間也是無事可做，還不如坐在院子裡吹吹風，喝點自己炒製的大麥茶，也是愜意。

正微微瞇著眼，舒服地靠在椅子上，就聽到有個猶猶豫豫的腳步聲。她睜開眼睛，轉頭去看，就看到黑丫站在不遠處，雙手絞著衣角，顯然是有事的樣子。

林悠悠溫和問道：「黑丫，有什麼事情？過來說。」

黑丫走了過去，咬著唇瓣。「夫人，有件事情我想求您幫忙。」

「說說看。」林悠悠面上神色依然溫柔。

「我有個朋友在桂婆那裡，夫人能不能也將她買過來？」

林悠悠伸手拍了拍黑丫的手背，道：「黑丫，我這裡只需要三個人，已經夠了，也沒有那麼些銀錢了。」

黑丫卻是眼眶含淚，突然就跪了下來，伸手去扯林悠悠的袖子。「夫人，求求您了！求您發發善心吧，求求您了！」

林悠悠臉上的笑意就淡了。她當時也是動了惻隱之心才會買下三個人，若有能力，是可以多買一個，但她剛才已經說清楚了，自己銀錢不夠，人手也夠了，黑丫還是這樣，這就讓她不喜了。

正要好好說教一下，就聽到黑丫哽咽道：「寶珠她很可憐的，她不是被賣的，她是被拐來的，因為長得好看，桂婆要將她賣去怡紅樓……」

林悠悠聽了，心裡就是咯噔一下，瞬間坐了起來。人販子！

林悠悠對人販子深惡痛絕，此刻竟然碰上了這樣的事情，無論如何也做不出袖手旁觀的事情來。

她當即正了面色，扶著黑丫起身。「妳先起來，這件事情仔細和我說說。」

黑丫忙爬了起來，眼中還含著淚，等情緒穩定下來，開始將事情慢慢說來。

原來黑丫還在桂婆手上時，有一段時間，桂婆雇的一個做飯婆子生病了，那幾天，桂婆就讓黑丫幫著做飯，以及給一個關在院子後面房間裡的人送飯。

因此，她認識了一個叫寶珠的小姑娘。

黑丫對那個房間裡的人記憶深刻，因為那房間裡的人都是小男孩和小女孩。特別的是那些小男孩小女孩都非常漂亮，是黑丫以前沒見過的漂亮。而寶珠，是那裡面最漂亮的，眉眼五官就跟從畫裡走出來一樣，漂亮得讓黑丫第一次見到就呆了。

因為寶珠長得太好看了，所以黑丫格外關照寶珠。寶珠也喜歡黑丫，兩個人成了朋友，寶珠將自己的事情告訴黑丫，說她不是被賣的，是被人拐來的。她說她家裡有母親還有三個哥哥，都非常疼愛她，但是其他的事情，她記不得了，好像是被拐了後，中間病了一次，好了之後，事情基本忘記了，只記得自己叫寶珠，有個娘親和三個哥哥。

「寶珠生得非常漂亮，桂婆讓怡紅樓的媽媽來看過了，那個媽媽很喜歡寶珠，想要買走。前面是因為銀錢沒談攏，桂婆要五百兩，怡紅樓媽媽只肯出四百兩，一直僵持著。因為寶珠年紀還小，怡紅樓的媽媽雖然很喜歡寶珠，但還不著急。桂婆卻是不想等，好像還約了其他人過來看寶珠。夫人，您想想辦法，看看能不能救救寶珠，她真的很可憐！」

救自然是要救的，但具體要怎麼救，還是要先摸清楚情況才行。

林悠悠就問黑丫。「妳知道寶珠他們被關的地方嗎？」

問到這個問題，黑丫愣住了，搖了搖頭。「不知道。」

「不知道關在哪裡？他們被送到別的地方去了嗎？」

如果沒有關在原來的地方，而是被送到其他地方，黑丫不知道也是正常，這樣就難辦了。

黑丫這個時候臉紅紅地回答道：「我不知道，就是原來關的地方，我也不知道。」

「怎麼會不知道？妳不是百麗城的人，不熟悉嗎？不然妳描述一下旁邊的景象。」

黑丫咬了咬唇。「不是的，是因為我被帶到那裡的時候，都是被蒙著眼睛，用馬車送過去的。到了那個院子才能摘下蒙眼的黑布，所以我不知道那是哪裡。」

聽了這話，林悠悠倒是冷靜了下來。桂婆竟然敢做這樣的勾當，自然也是有自己的手段，看著和善，實則心思謹慎，手段狠辣。

「那妳說說那個院子，把知道的都說出來。」林悠悠讓黑丫仔細想想，看看能不能發現什麼特別地方，找出什麼線索。否則找不到地方，根本沒辦法。

黑丫開始絞盡腦汁地想。「那個院子挺大的，院子裡面有兩棵棗樹、兩棵桃樹。還有三個房間，一個廚房，一個雜物間。院子後面有種葡萄，葡萄藤掛得到處都是。地上鋪了青石板，特別乾淨好走，下雨了也不泥濘。」

林悠悠的眉頭忍不住皺了起來。這樣的院子，百麗城裡怕是沒有一千個也有五百個，這怎麼找？總不能一家一家去爬牆吧，這沒有特別的地方呀！

黑丫見林悠悠皺眉，繼續想，突然拍了拍腦袋，道：「我想到了，那個地方每當天快亮的時候，就會有一陣很濃郁香甜的酒香從隔壁傳來。當時我還和寶珠說了，寶珠說那是桃花酒，不過不是極品桃花酒，糖放多了，聞著有股黏膩的甜香。當時我還很驚奇，覺得寶珠懂好多。」

這倒是一個特點，隔壁每到清晨就會煮桃花酒，這樣一打聽，可能就打聽出來了。不過今日晚了，要等明日了。

林悠悠轉頭看了看黑丫，軟了心腸，伸手摸了摸黑丫發黃稀疏的頭髮，柔聲道：「這件事情我明天會去打聽的。現在已經很晚了，妳去睡覺吧。」

黑丫就傻乎乎地點頭，只覺得夫人好漂亮、好溫柔，她真是太有福氣了，能夠被夫人買下。

黑丫回了房間，跟陳招娣一起睡覺了。

林悠悠坐在院子裡想了好一會兒。要去哪裡打聽呢？這件事情也不能太顯眼，要是被桂婆察覺了，別說救人，還得把自己搭進去。

但凡敢做這種事的人，哪個不是心狠手辣，背後有關係的。所以這件事情，她還是得小心謹慎些。

次日，林悠悠照常開了鋪子。早晨這會兒，生意是最好的時候，好些小媳婦大娘過來買滷肉，林悠悠一直忙著，其間也讓黑丫幫著打下手。過了這陣熱鬧，就冷清下來了，暫時沒生意，林悠悠就切了一個豬耳朵用盤子裝了，去了隔壁蓮嬸那裡。

蓮嬸正百無聊賴地靠在櫃檯上，聽到腳步聲，揚起了笑臉，抬起頭來，就看到林悠悠端著一碟噴香的豬耳朵過來，臉上笑意就更濃了。「妹子，妳這也太客氣了。」

「家裡就是賣這個的，吃一些還是吃得起的。今日的豬耳朵特別入味，蓮嬸過來嘗嘗。」

一聽這話，蓮嬸頓時就是眼前一亮。林悠悠家的滷味，她也是買過的，那滋味確實是一絕，難怪生意這樣好。

「那嬸子我就不跟妳客氣了。」

蓮嬸拿了乾淨的筷子挾了一塊，果然今日的豬耳朵更勝以往，好吃得讓蓮嬸恨不得將自己的舌頭都給吞下去。

蓮嬸一筷子一筷子地吃，林悠悠狀似隨意地和對方閒聊起來。「最近我看好些地方桃花都開了，想喝桃花酒了。」

蓮嬸剛好嚥下一口肉，就接口道：「這有何難？我們百麗城的傳統習俗，每年桃花盛開的時候，基本上家家戶戶都會用桃花釀酒，等到冬天的時候，拿出來喝，暖心暖身。」

「那就是這時候，差不多每家每戶都在釀桃花酒？」

「對啊！」蓮嬸理所當然地說著，不過很快想起林悠悠不是本地人，是近才搬到這裡來的，又道：「妳現在要釀也來得及，我們家也還沒開始釀。趕明兒我約妳一起去採摘桃花，妳跟著我一起釀就是了。」

林悠悠笑了笑，應了聲好，有些失落。這每家每戶近來都開始釀桃花酒，桃花酒的香氣就不是線索了，這可真為難。明明知道有人在受苦受難，而自己又無能為力。

去報官會如何？林悠悠仔細想了想這種可能。桂婆敢做這樣的事情，背後怕是有人撐腰，待會兒一個不好，她直接掉進狼窩裡，到時候別說救人，還將自己給搭進去了。

而且沒有任何證據，就算遇到了清正的好官，沒有找到那個窩藏的院子，容易打草驚蛇。到時人沒救出來，反而引起桂婆警覺，提前發賣了，是害了那些無辜的人。

蓮嬸又吃了幾口，沒聽到她說話，好奇地轉過頭來，見林悠悠正皺著眉頭站在那裡，很是犯難的樣子，頓時好笑道：「妳是不是沒有空做桃花酒啊？看妳這生意這樣好，確實抽不出空來做酒。這樣吧，不然我來幫妳做桃花酒吧！」

做啥桃花酒，林悠悠對這個可不感興趣，連忙擺手。「不用，我真要做桃花酒，有黑丫給我打下手呢！」

蓮嬸這才注意到林悠悠店裡站了一個瘦瘦的小姑娘，臉黑得跟炭一樣，就道：「這是妳親戚？」

「是昨日買來幫忙的人。」

蓮嬸點了點頭，正要繼續吃豬耳朵，突然想起什麼，猛然拍了拍腦袋。「瞧我這記性，竟然給忘記了。昨日和我大嫂家說好了，今日中午去她家幫忙釀桃花酒呢，現在就要過去準備了，不然趕不上正午。」

林悠悠靈光一閃，猛然覺得自己好像抓住了什麼，伸手拉了蓮嬸一把，道：「桃花酒一定要正午釀嗎？其他時間不行嗎？」

蓮嬸就頓了頓身子，解釋道：「當然了，一定要正午釀的。那是一天最熱的時候，釀的桃花酒是最暖的，正適合冬天喝，才能暖身。其他時候釀的都不好。所以百麗城的人都是正午時開始釀桃花酒。這幾日就有人開始釀了，妳且等著，再過幾日，妳走到哪裡都是濃郁香甜的桃花酒味道。哎呀，不說了，我要趕著去了！」話落，蓮嬸就快步離開了。

林悠悠則是站在原地若有所思。

第三十章

黑丫說過，那院子隔壁是天光還未亮的時候就傳來桃花酒香，是凌晨在釀桃花酒，是個線索，這就比較好打聽了。

只是蓮嬸不在，林悠悠在一邊皺著眉頭煩惱。另一邊，黑丫則是守著滷肉攤子，這時候來了一撥五、六個婦人，都挎著籃子、有說有笑的，看著就是認識交好的。

林悠悠忙收了神，快步走過去招呼客人。

「幾位姊姊需要點什麼？今日的豬耳朵、腿包肉都很入味，很不錯的。」

幾個婦人家裡的孩子都到了娶妻年齡，平日裡小輩都是喊嬸子的，眼前這個年輕秀美的小娘子還喊自己姊姊，頓時讓幾個婦人心花怒放，笑容滿面。

其中一個就笑道：「我們也是聽說妳這邊的肉做得好吃，所以今日結伴過來買的。」

林悠悠就各切了一點點放到碟子上，讓幾個婦人嘗了一下。

頓時，原本只是心動好奇的人，此刻已是滿眼放光，紛紛開始指著要買什麼，要買多少了。

這些自然有黑丫做，黑丫看著瘦小，力氣卻是不小，做事也麻利得很。林悠悠早上指導了一會兒，黑丫現在就做得很好了。

幾個婦人點完了，站在那裡聊天起來。

「周家的，妳家桃花酒釀好了沒？」

「還沒呢，這幾日忙著家裡姪子相看，還沒抽出時間來釀酒呢！可能還要過兩日，到時候找妳們幫忙啊。」

「好啊，到時候說一聲，我就過來了。」旁邊幾人都紛紛笑著應下了。

林悠悠原本是含笑站在一邊的，頓時眸光一轉，笑著問道：「我是這個月才來百麗城的，才聽說這裡每年有這個時間釀桃花酒的習慣？」

「是啊，這是我們百麗城的習俗，所以家家戶戶都種了桃花的。」

「我這鋪子平日裡忙得很，中午哪有時間釀酒，不知道早上釀桃花酒行不行呀？」林悠悠頗為煩惱地說著。

婦人們聽了，就解釋道：「確實是這樣，都是中午才會釀桃花酒，很少人其他時間釀的，更別說那麼早了。」

旁邊的人也跟著點頭。

林悠悠心下一沈，眉頭輕輕皺著。

這時候，卻有一個嬸子走近，小聲道：「還真有人專門在早晨天沒亮的時候釀酒。」

她話一說，另外幾個婦人也想起來了，都跟著露出一副恍然的神情來。

林悠悠忙就問道：「什麼人啊，為什麼在早上釀酒？那不是不好嗎？」

「在那般早的時辰釀的桃花酒，大家都認為是帶了夜間涼氣，不適合喝的，只適合陰間喝。因此會在那個時辰釀桃花酒的人，都是這一年家裡有親人過世，特意為其釀的。所以，這些都是有講究的，不是想什麼時候釀酒就什麼時候釀的。」

林悠悠連連點頭，表示受教了。這時候，黑丫也將幾個婦人要的滷味都切好了，幾人結了帳就離開。

林悠悠站在原地沈思。清晨釀桃花酒的線索還是有價值的，進一步將範圍縮小了。只是，要看今年誰家有人過世，就比較困難了。她一個初來乍到的人，對百麗城尚且不熟悉呢，更別說去打聽這樣讓人起疑的事情。

到了中午，林悠悠終於想到了一個辦法。她決定明日很早很早就出門，沿著街道走。反正黑丫說了，早上會有很濃郁香甜的桃花酒味道，這樣她儘量用個兩、三日將百麗城給走一遍，將早上釀酒的且香味濃郁的地方給圈出來。

到時具體看有幾家，再細細推敲了。

有了目標，林悠悠就盼著天黑，盼著明日了。

午睡完起來，她去店鋪裡看了一下，黑丫膽子小了些，做事卻是麻利，切肉這些都很上手了，再加上余老漢一起，算帳收錢都可以。林悠悠就將鋪子讓兩個人看著，自己則是去街上溜達溜達。

白日先將街道摸熟了，到時候才好行動。

百麗城共四條主街，分別以東南西北四個方向命名，其餘的各個小巷岔路也不少，整個走一遍也要花費幾日的功夫。

東街是百麗城的貴人區，住在這裡的都是有身分的，不是有錢就能住。這裡的最低身分都是舉人，一座座宅子坐落於此，個個都是精緻華美。

黑丫說過，她去的那個院子和自己目前住的院子很像，就是更大一點點。那麼就不可能是東街了，東街的宅子都是好幾進的，可沒林悠悠如今住的這種宅子。東街上的宅子，怕是下人住的院落都要比她那個好。

接下來就是西街。這裡住的人非富即貴，宅子也是很大，也不大可能。剩下的是南街和北街了，她目前租賃的宅子就是北街的。

北街比較雜亂一些，有的宅子比較規整，有的宅子比較髒亂。而南街是本地人居多，書院也在南街。

明天先走北街。至於自己這條街，她已經走得很熟了。

次日，天還黑著，林悠悠就起身了。劉彥還睡著，眉眼恬靜，看著很是清雋。

林悠悠小小看了一會兒，然後慢慢起身，儘量不弄出動靜，可腳步還沒落地呢，手腕就被人握住了。

「娘子？」劉彥睜開眼睛，眼裡還是迷茫，顯然是被驚醒了。

他驚疑不定地看著林悠悠，不知道她這半夜三更的是要做什麼。

林悠悠眼眸轉了轉，道：「我趕早市呢。」

劉彥有些半信半疑的，也要跟著起身。「我也一起去吧。」這麼早，天都沒亮呢，實在是不放心。

林悠悠忙就伸手拒了。「沒事，有余老漢他們三個陪我一起去呢。我也是聽說趕早去菜市場會有好貨。」

劉彥見她堅持，也就算了。

林悠悠便帶了黑丫出門。這件事情還沒查出來，具體怎麼樣還不知道，越少人知道越安全。所以，她並沒有打算告訴余老漢和陳招娣。

這麼早，還是挺冷的，林悠悠忍不住搓了搓手臂，腳步都加快了幾分。黑丫也不是個嬌氣的，緊緊跟著她。

兩人一路悶頭走路，走了約莫一盞茶的功夫，突然間，鼻尖傳來了一陣濃郁的桃花香。

林悠悠停住了腳步，黑丫也緊跟著停了下來。她側頭，小聲問黑丫。「是這個味道嗎？」

黑丫動了動鼻子，仔細聞了聞。「嗯，不是，那個比這個還濃，而且帶了股甜。這個香味更清一些。」

林悠悠看了看這邊的位置，先記下再說。然後，繼續往前走。

接著又碰到了兩、三個人家在天光未亮的時候釀酒，但黑丫都說不是那股味道。對此，林悠悠皆是先記下宅子位置，回去再細細研究。畢竟味道這種東西，可能過了兩日換了一個人釀，或是不同的時間點，散發的味道便不一樣，不可以一下子就下定論。

這般，看著天光慢慢亮了起來，林悠悠正打算回去了。到了這個時候，天開始亮了，那些釀送親酒的人就會停止，沒有繼續走訪的價值了。

「黑丫，我們回去吧。」

林悠悠轉身走了，卻發現黑丫沒有跟上來，轉回身去，就看到黑丫站在那裡不動，閉著眼睛，很專注的樣子。

林悠悠走了回去。「黑丫？」

「是這個味道，就是這個味道！」黑丫驚喜地睜開眼睛，滿臉笑意地和林悠悠說著。

她讓黑丫再三確認就是這個味道。

「就是這個味道，不會錯的！夫人，我的鼻子從小就很靈。」

林悠悠露出了笑意。這樣就找到具體位置了。接下來，就是要摸清楚裡面的情況了。如今她一個弱女子帶著個小孩子，可是不能操之過急。

這般，林悠悠領著黑丫先回去了。

回到家裡，才一進院子，就看到劉彥立在院子中，目光望著門。

不知道為何，林悠悠有些不敢看他的眼睛，有些心虛地挪開目光，拉著黑丫就往廚房去。路過劉彥的時候，小聲說了一句她去做早飯，便快速走開了。

而被留在原地的劉彥，面色微微發黑，袖子下的手握緊又鬆開，最後露出一抹無奈的笑容來，眼神滿是溫柔和寵溺。他素來自持，卻對這個小女人毫無辦法。即便如此，卻又那般甘之如飴。

吃了早飯，林悠悠又去街上遛達了，主要目的還是那家宅子的周邊。她得多觀察情況，不敢貿然行事。

這般，都快到中午了，林悠悠又遛達到了宅子附近。這麼巧，宅子另一邊的門開了，裡面走出了一個中年婦人。

林悠悠一看，這不是蓮嬸嗎？

「蓮嬸！」林悠悠頓時笑咪咪地上前，和蓮嬸打了個招呼。

蓮嬸轉過頭來，見到是她也笑了。「是妳呀，劉娘子。」

「蓮嬸住這裡嗎？」林悠悠指了指蓮嬸身後的宅子，問著。

蓮嬸笑著回答。「不是，這是我大嫂家。昨兒個我不是說過，和大嫂約好了，要來幫她家做桃花酒。這不，缺了個陶罐，我這就出來買一個。」

聽到此話，林悠悠當即眨了眨眼睛，有幾分不好意思地問道：「我最近也想著要釀桃花酒呢，這不是入鄉隨俗嗎？只是我初來乍到，不知道要怎麼釀呢，這下正好碰到蓮嬸妳了，不知道方不方便讓我在旁邊學習呀？」

蓮嬸還沒回答，她又趕緊補充道：「今日家裡做的腿包肉味道極好，我這就讓黑丫回去取一些過來，也請蓮嬸的大嫂嘗嘗。」

原本還有幾分猶豫的蓮嬸頓時就露出了笑意。本來，這是她大嫂家，她不好作主的，但是如今有香噴噴的腿包肉打頭，那就不一樣了。不用問，她也知道大嫂是極願意的，畢竟肉金貴著呢，白吃一頓，只是讓人在旁邊觀摩一下，沒啥損失，還多了一個幫手，這可是打著燈籠都難找的好事。

「妳也太客氣了。妳沒釀過桃花酒，其中還是有一些講究的，是要學一學。這樣，妳和我進來，這種小事，我和我家大嫂說一聲就好了。」說著，蓮嬸已經挽著林悠悠的胳膊進了門。黑丫則是被打發回去拿腿包肉了。

「我跟妳說，我家大嫂也是極熱情好客的人，見到妳來，定然是高興的。」

蓮嬸挽著林悠悠進了宅子，直接帶去了後院。後院裡還有四、五個人，一個是頭髮半百的老婦人，一個是和蓮嬸差不多年紀的中年婦人，還有三個小姑娘。小姑娘們年齡不等，小的看去六、七歲，大的一個八、九歲，另一個則是十三、四歲的樣子。

院子裡搭著簡單的灶臺，上面放了一個鍋煮著什麼。

走得近了一些，可以看到是在煮桃花。只見粉嫩的桃花瓣被煮得軟了，顏色也深了。

院子裡的人注意到蓮嬸這麼快就回來，正奇怪呢，就看到旁邊還跟著一個沒見過的小婦人，頓時看了過來。

蓮嬸就笑著將林悠悠拉到身前來，介紹道：「這是劉家弟妹，就是在我的點心鋪旁邊開滷肉鋪的那家。她的手藝可好了，那滷肉鋪子才開幾日，生意紅火著呢！她夫君來百麗城讀書，準備參加府試，她也跟著過來照顧。因為有一門手藝，就順便開了鋪子，做點吃食生意。她初來乍到，才知道我們這裡有釀桃花酒的習慣，也是感興趣，想要跟著釀一些。但從來沒釀過，一點也不懂。我就說我這幾日恰好在大嫂這邊幫忙，讓她跟著過來看看就是了。結果這人還客氣，人過來了，還打發家裡的小丫頭去鋪子裡拿滷肉過來，也要讓妳們跟著嘗嘗她的手藝呢！」

蓮嬸也是個俐落人，噼哩啪啦一通話將人給介紹清楚，也將事情說清楚了。

蓮嬸的大嫂和老娘原本聽著不是很高興，畢竟白來一個人站在那裡，不得給人喝水啥的，總不是合算的事情。臉還沒來得及拉下來呢，就聽到蓮嬸說的，人家要拿肉過來讓大家嘗嘗，頓時臉上就笑開了花，忙就親親熱熱招呼林悠悠了。

蓮嬸的大嫂叫三娘。「妳就叫我三娘吧，我一看妳這孩子就投緣得很。不是我自誇，我釀的桃花酒在這條街上是比較出色的。妳盡可以多來，我肯定仔細教妳。」

林悠悠自然聽出來了，蓮嬸這個大嫂是個愛貪小便宜的，希望自己經常來，最好每次都帶肉來。

這倒是小事，只要能夠達成目的，林悠悠不會和對方計較這些，就笑著應了，說在學會之前，要多多叨擾了。

然後她就在一邊開始看了。這下才是剛開始的時候，正在煮桃花水呢！今天是第二步，昨日是第一步，挑選上好鮮嫩的桃花。

桃花水要煮夠七日，直到煮出滿意的桃花香，最後將桃花水和買來的酒一起混合煮好後封存起來，待到冬日拿出來，味道就醇厚了，滿滿的都是桃花香，清香微甜，回味無窮。

沒一會兒，黑丫也拿了林悠悠要求的一斤腿包肉過來了。

林悠悠將腿包肉給了三娘，三娘熱情邀請林悠悠和黑丫留下來吃飯，但她卻拒絕了。她先告辭，帶著黑丫回家。家裡，陳招娣已經做好了午飯，林悠悠越發覺得那九兩銀子花得值，回來就有現成的吃，實在太幸福了。

吃完午飯，她就又忙著去三娘家裡了。

因為這邊過去還挺遠的，來回要小半個時辰。等她再到三娘家裡的時候，三娘家已經吃完午飯，家裡人大多都準備午休了。

三娘本著吃人嘴軟，就派了家裡最小的丫頭小五在後院陪著林悠悠，她也去休息了。蓮嬸則是要明日再過來。

這可真是太合林悠悠心意了，讓三娘不要顧慮自己，自去休息就是。

這般，後院就剩下林悠悠、黑丫和小五了。

林悠悠從口袋裡拿了一塊芝麻糖給小五，這是劉彥前兩日買給她當零嘴的。她這幾日都忙著，也沒心思吃，身上會帶著幾塊，這下倒是派上用場了。

小五是個丫頭，在家裡都只能吃哥哥們剩下的，只有過年過節才能吃上半塊糖，還是最便宜的那種，猛然看到芝麻糖，她吞了吞口水，便接過來塞到了嘴裡。

林悠悠溫柔笑道：「慢點吃，別噎到。」

小五這會兒確實慢慢吃了。太好吃了，太難得了，她得慢慢吃。

林悠悠耐心地等小五吃完，這才狀似好奇地問道：「小五，你們隔壁住的什麼人家呀？靜悄悄的，我來這兒大半日，都沒聽到隔壁有響動，可真安靜。」

剛剛吃了糖，小五這下對林悠悠可有好感了，將自己知道的都說了。

「我聽我娘說過，隔壁的住戶一年前舉家搬到其他地方去了。這座宅子就交給親戚打理了，如今是她的親戚住。住的人性子怪得很，也不搭理別人，只知道是一對中年夫妻，其他的就不知道了。我娘上門拜訪，他們也不理的。」

小五才說完，就看到院子旁邊的大樹上爬了一個小男孩，在那裡喊小五。「小五，我們去玩吧！」

小五頓時滿臉的躍躍欲試，但她還記得娘交代的任務呢，待會兒要是沒完成，娘醒了會打她的。

林悠悠一看，忙就笑道：「去吧，我在這裡看著呢。」說完，還從口袋裡將剩下的五、六塊芝麻糖都掏出來。「這個帶上，一起吃。」

看到這樣一把芝麻糖，小五眼睛都差點直了，暈乎乎地接過就跑了出去，生怕走慢了，糖就被要回去了。

這下，院子裡就剩下林悠悠和黑丫了，林悠悠當即變得認真起來。該如何打探隔壁的消息呢？爬過去？林悠悠看了看自己細胳膊細腿的，有些為難。

倒是一邊的黑丫伸手扯她的袖子。「夫人，我爬過去打探一下吧！這個時辰，隔壁就是那對剛才小五說的看守的夫婦。不過這時候，那個大娘一般都會出門去採買東西，要一個時辰才會回來，大叔則是在屋子裡睡覺。」

林悠悠看了看黑丫，有些猶豫。

「夫人就放心吧，別看我瘦，但我身子可靈活了。」說完，她走到牆角的大樹上，指了指上面手臂粗的樹幹。「我從這棵樹上爬過去，輕易就能爬過這邊的牆頭。」

爬過去應該是沒啥問題，黑丫從小在鄉野裡長大，爬樹應該很擅長的。

她擔心的是那邊會不會有危險。

第三十一章

林悠悠還沒決定好，黑丫就已經上了樹。看得林悠悠心下一驚，差點驚呼出聲，但趕緊捂住自己的嘴巴，屏住呼吸。

她走到牆根處，示意黑丫小心。

黑丫點了點頭，身姿靈活得跟猴子一樣，就竄到對面去了。

林悠悠則是將耳朵貼住牆面，小心聽著隔壁的動靜。一有不妥，她準備立刻衝到對面去。

等了一盞茶、兩盞茶的功夫，都沒見黑丫回來，林悠悠頓時跟著急了，在牆根處小心挪步，心下焦躁不安，心裡默默祈禱著黑丫平安，千萬不能有事啊。

終於，在耐心即將耗盡的時候，黑丫又如猴子一般竄回來了。

黑丫一落地，林悠悠忙過去一把將她抱住，眼眶裡微微有了濕潤。她剛才真的是擔心極了，也怕極了。

「妳有沒有事？」林悠悠仔細看了黑丫有沒有哪裡不妥的。

黑丫搖頭。「我沒事，我很好。」

林悠悠這才放下心來，開始問起情況。

「寶珠還在，但是那屋子裡的人已經少了一半，桂婆開始發賣他們了。有時候一天賣出去兩、三個，有時候五、六天賣出去一個，都不一定的，不知道下一個會輪到誰。寶珠很害怕，她是裡面長得最好的，好幾個買主都來看過她了，但是桂婆要價高，所以一直還沒有出手。桂婆打算養養，大了可能更好賣。但也有可能哪天有個買主出價高了，寶珠就被買走了。」

黑丫說得很快，語氣裡都是著急。「夫人，我們想想辦法，救救寶珠，也救救那些可憐的人吧！」

黑丫黑黝黝的臉上，眼睛卻是亮得驚人，裡面像是有一團火焰一般，將林悠悠也燃燒了起來。

既然見了，她就盡自己的微薄之力，看看能不能成！

林悠悠一邊盯著鍋裡煮著的桃花水，一邊思索著要如何做。

如今就她和黑丫，一個女人和一個小孩，要和窮凶極惡鬥爭，得謹慎再謹慎才行。

人就在隔壁，最好的辦法自然是報官了。但她不知道百麗城的官員是不是好官，就怕待會兒倒楣，人家百麗城城主就是桂婆後面的靠山，才真真是羊入虎口了。

那就只能靠自己了。只是林悠悠看了看自己，有些沈默了。

她要是隻藏獒，那就勇猛衝進去就好了，不用這麼費勁。

咦，也許可以是藏獒？林悠悠眼睛頓時一亮。她去搞兩隻藏獒衝進去，再帶點人進去賠罪道歉，這不就看到了那群被關押的人？事情鬧大，那麼多人都看見了，再傳遍各處，不就沒人敢徇情枉法，偷偷私了了？

越想越覺得可行，林悠悠就讓黑丫在這裡看著，自己則是出門去了。

她要去買最凶的狗來破局。

林悠悠去了賣狗的地方，找主人要了最凶最強壯的狗。和賣的人仔細了解了狗的習性和禁忌後，她先牽著狗回了家裡，在廚房裡一陣搗鼓，搞了兩根秘製大骨頭用油紙包著，又牽著兩隻藏獒去了三娘家裡。

三娘這個時候還在睡覺，不過看這時辰也快醒了。

林悠悠不敢耽誤，和黑丫說道：「待會兒我牽著藏獒出去遛達，妳把這兩根肉骨頭一個掛在隔壁的門縫上，一個掛在那群孩子的房間門縫上。」

黑丫連連點頭，然後小心問：「這兩隻狗看著好凶啊，會不會傷到寶珠他們？」

「不會，那賣狗的人說了，這兩隻狗看著凶，但不傷人的。如果傷了人，可以去找他賠償。」

黑丫臉上露出了笑意來，伸手拍了拍胸脯，保證道：「夫人放心，我保證完成任務。」

「嗯，我相信妳。」

林悠悠這就牽了狗出去，她要去多吸引一些人來。

出去前，林悠悠還從三娘家裡的筐子裡找出了好些新鮮豔麗的桃花，拿了紅繩在兩隻藏獒身上一通操作，頓時兩隻喜氣洋洋、豔麗無雙的桃花藏獒就出場了。

她在藏獒的腦袋上綁了三枝桃花，背上也綁了一個愛心般的桃花，然後用兩根紅繩牽著。

一出門，林悠悠面上帶著笑意，悠然自得，像是在自家後院一般閒適逛著。

「那兩隻大狗好凶啊，但是看著也好神勇。」

「兩隻狗身上還妝扮了桃花，看著好漂亮。」

「如果不是看著凶的話，我都想過去抱一抱、摸一摸了。」

「原本凶神惡煞的，這樣一打扮，我都想過去抱一抱了。」

路上不斷有人驚嘆，有人評論，也有看熱鬧的跟著，小孩子也很多，嘻嘻哈哈地跟在後面。

於是，林悠悠在街上轉了一圈後，身後已經跟了一堆人。她眼角餘光看了看，覺得火候差不多了，當即往回走。

離那間宅子越來越近，就差十尺了。

這時候，她手上牽著的兩隻藏獒已經有些蠢蠢欲動，鼻子一動一動的，吸著什麼味道。

對此，林悠悠嘴角勾了勾，微微露出了笑意。

離宅子越來越近，兩隻藏獒就越來越焦躁，越來越有點控制不住了。林悠悠也覺得自己手上拉扯的力道，幾乎達到了頂點。

而這時候，她也恰好到了這個宅子門口。

然後她驚呼一聲，手也跟著一鬆，兩隻藏獒頓時就撲了出去，力道巨大，將宅子門砰一下撞開了，嘴快速的將大骨頭叼進了嘴巴裡，狼吞虎嚥。

另一隻沒搶到的，正要撲過去搶，鼻子卻是猛然一動，然後朝著另一個方向飛奔而去。

「哪裡來的狗，快滾出去！」

這時候，一對中年夫妻從裡面衝出來。兩人看著都很健壯，正滿目驚恐地看著兩隻藏獒，忙著去追，就看到藏獒朝著那個最不能去的房間而去，忍不住大喝一聲。「畜牲！」

卻是沒有任何作用，那隻藏獒還是將房間的門給撞開了，嘴裡快速叼了一個東西，就杵在門邊吃著。

那個中年漢子此刻也顧不得房間裡是什麼東西吸引了藏獒，只想趕緊將門關上，這裡的事情萬萬不能引起別人注意。

他幾步過去，想要將門關上，將藏獒給驅逐出去。但藏獒卻以為他是過來搶吃的，當即嗷嗷叫幾聲，就把那漢子給嚇得止住了步子，面上滿是糾結之色。

他還是有些慌的，雖然桂婆厲害，此刻卻是性命攸關，他怕一個不小心就被藏獒給撕碎了。

要不然，等這隻狗冷靜下來了再過去，反正在這宅子裡面，應該也沒事。他先去交代家裡婆娘一聲，將大門給守住就好。關起門來，也沒人知道這裡面發生了什麼事情。

誰知道這一轉身，那漢子差點沒背過氣去。

不知道什麼時候，他身後竟然已經烏泱泱地站了一群人，有老人小孩子、婦人等等，反正什麼人都有，此刻全部都炯炯有神地看著門口的藏獒。

他只覺得雙腿發軟，想要跪了，但還是強忍住。因為他和藏獒站在門口，倒是擋住了視野，那要命的東西還沒被看到，趕緊將這些人打發走才是。

「各位街坊鄰居，我們這裡——」

話還沒說完，就被一聲頗為高亢的女子聲音給蓋住了。

「那屋裡是什麼，怎麼這麼多小孩子？

「他們怎麼都被綁著?!這是人販子嗎？」

幾句話瞬間讓那群人睜大了眼睛，紛紛朝前面擠去。漢子被人一下子給擠到了旁邊。

情況一發不可收拾，再也沒有回旋的餘地。漢子只覺得回天乏術，忙就趁亂拉著婆娘要跑。

這時候，又是一聲驚呼。

「大家快看，這兩個人販子是要跑嗎？」

人群中的大老爺們就如狼似虎地衝過來，有的將大門給堵住，有的將人給抓住，一下子就將場面壓制住了。

林悠悠和黑丫跟著人群衝進了屋子裡，屋內的情景也一下子落入眼中，看得她眼睛一酸，差點落下淚來。

只見地上烏泱泱地坐了十幾個小孩，有男孩也有女孩，一個個衣衫襤褸，白嫩的臉瘦瘦小小的，顯得一個個眼睛很大。十幾個孩子手上全都綁著繩子，綁在中間的柱子高處，這樣他們既能在小範圍內活動又解不開繩子。

門外，兩個人販子也已經被牢牢控制住了，接著是該如何處理這事。

立刻有人嚷嚷著。「報官！將這兩個殺千刀的人販子送官府去！報官，讓大人將這兩個人販子千刀萬剮！」

一邊的林悠悠聽到此話，頓時小聲道：「找大人有用嗎？大人會管嗎？後面這件事情會不會不了了之？敢做人販子這樣喪盡天良的事情的人，後面肯定有些背景的，大人那邊可以嗎？」

林悠悠怕百麗城的城主也是得利者，這些孩子豈不是才出虎口又入狼窩？

聽了這話，旁人立刻七嘴八舌地幫林悠悠介紹這才來百麗城沒多久的城主，那就是一個傳奇人物。

那人叫楊青山，貧寒學子出身，卻是天資驚人又勤勉好學。十四歲中秀才，十六歲中舉人，二十四歲中狀元。中了狀元後，請求外放，先是成了白水縣縣令，在任三年，將一個平平無奇的不毛之地打造成航運中心，使得白水縣一下子成為百麗城轄下最富有的縣。

因此三年任滿，就升任為百麗城城主。

上任後，也是幫百麗城百姓做了不少實事，是百麗城百姓心中的青天大老爺，從不徇私舞弊，是有名的鐵面，任何人犯事，他都照抓不誤，照判不誤。

自此，百麗城的風氣一清，再沒人敢亂來了。那些原本在街上的混混們也老實了，不敢再欺凌百姓，為了養活自己，只能去碼頭上賺苦力錢。

林悠悠聽了也放下大半的心，就看到那些大娘小媳婦們留下來照顧孩子，給孩子找乾淨的衣裳找吃的，打水給孩子們擦洗。而男人們則凶狠地扭著那兩個人販子去官府了。

這樣大的陣仗，在街上自然又是引來了關注。

「這是怎麼了？這兩個人做啥事了？偷東西？」

楊青山來了百麗城後，風氣已經變得很好，作奸犯科的少，就算偶爾有點事情也是小偷小摸，或者是偷看大姑娘洗澡這樣的事情。所以路過的人看著，也就這樣猜測。

跟隨的大漢憤怒地解釋了。「這兩個殺千刀的，是人販子，拐了一屋子的小孩子呢！那些小孩子實在可憐，十幾個就被關在昏暗的房間裡，用一根繩子綁著！」

這話一出，頓時譁然一片。其中有些人手上剛好提著菜籃子的，隨手從裡面拿了雞蛋朝兩個人販子身上砸去。

大漢見了，也就提醒一句。「可別砸死了，那就太便宜他們了，還是要交給大人審判，大人會還給孩子們公道的。」

即便如此，到了府衙的時候，兩個人販子也已經被砸得鼻青臉腫的了。

對於這事件，楊青山很是重視，當時就開堂審理，重刑之下，一下子就揪出了桂婆來。在桂婆收拾好包袱準備逃出城的前一刻，將人攔截下來，一併押到了公堂上。

然後，事情就簡單了。不肯招，那就上刑，一個個就老實了，也知道自己嘴硬，硬不過刑具。

從人被抓走到真相大白，不過一個時辰。而這些，林悠悠都是從其他人嘴裡聽到的。她沒有跟著去府衙，而是留在這裡照顧這些小孩。

這邊才將小孩子們安撫好，幫忙擦了身子，換上乾淨的衣裳，吃了熱粥，人也終於不再瑟瑟發抖了。

這時候，有人帶回了結果。原來那桂婆身後的竟然是百麗城首富，那首富之所以能成為首富，就因為夠心狠手辣，什麼錢都敢賺，黑心得很。不過，如今首富已經變成了階下囚，被判了秋後處斬。桂婆和那對人販子夫妻也是一樣的結果，只等刑部公文到了。

惡人得了惡報，接著是這些可憐孩子的安置了。

這次，總共解救了十三名孩子。還有被賣出去的，從桂婆手裡逼問出了名單後，楊大人也盡力救回來了一些。但仍有好多被賣給外地或是過路的行商，卻找不回來了。

加上找回來的那些，總共有四十多個孩子、十多個少女與兩個婦人。這些人裡透過告示出去，有十幾個被家人認回去了，剩下的有人記得自己家裡，楊大人也安排人送回去。

最後就剩了十幾個，都是年紀小、不記事的，加上一個寶珠，被楊大人安排在百麗城的慈孤院裡，已經是最好的結果。

這些後續，林悠悠是陸陸續續聽蓮嬸說的，也算是放心了一些。

但很快地，她發現家裡的劉彥生氣了。

第三十二章

劉彥做事素來很有規律，每次中午和晚上回來的時間就跟尺量過一樣，基本不錯一時一刻。若有偏差，應該是路上去給她買零食點心了。

而今日，劉彥回來晚一些，林悠悠知道他應該是去買零嘴了。

果然，差不多到了那個點，她坐在院子裡，透過半開的門，就看到少年郎手上拎著一個油紙包，眉眼柔軟地走過來。

劉彥推開門，一下子就看到了起身的林悠悠。

少女一身青色衣裙，剛剛洗了頭洗了澡，烏黑的髮絲披散在身後，跟緞子似的。臉上白嫩嫩，兩頰還透著點粉，俏生生地立在那裡。

劉彥只覺得一顆心突然怦怦怦跳得厲害，跟揣了隻兔子似的。

「你回來了。」

佳人立於眼前，眉眼彎彎，一雙眼溫柔地看著他，說著這樣的話，劉彥只覺得一顆心都暖和了，跟泡在溫水裡一般，渾身都舒坦。

劉彥跟著林悠悠進了堂屋，就見桌上擺了一桌子的菜，五菜一湯，都是家常菜，清淡得很，是他的口味。

而且今日飯桌上沒有其他人，只有他們兩個，難得的兩人時光。

「吃飯吧，看看喜不喜歡。」林悠悠幫劉彥盛好了飯，笑盈盈地遞給對方。

劉彥接過，伸了筷子挾了一口菜，是她親手做的，那熟悉的幸福味道。

劉彥安靜吃飯，享受難得的幸福。林悠悠則是一邊吃，一邊還用公筷給劉彥挾一些菜，倒是惹得他詫異地看過來，被看得有些臉熱。

等兩人吃完飯菜了，林悠悠說道：「對不起，我忘記了三天後是你府試的日子，你不要生氣。」

聽了這話，劉彥也不知道是該高興還是該生氣。

高興的是對方在意自己生氣，生氣的是，他是因為快要考試沒得到關心而氣嗎？劉彥面上神色幾經變幻，看著林悠悠，一字一句像是從牙齒裡面擠出來的一般。

「我不是因為這個生氣。」

一聽就知道還在生氣。林悠悠點點頭。「我知道你沒生氣，是我自己的錯，我最近太忙了，所以一時忽略了。」

劉彥忍著性子，問道：「妳最近忙什麼？」

說起這個，她頓時有好多話可說了。這是她覺得很開心、很值得、很慶幸的事情。那麼多可憐的孩子被救，而不是落入地獄，幸虧她做了，否則以後都會後悔和遺憾。

她就將事情的經過和劉彥說了，以為劉彥聽了應該也會贊同的，卻看到劉彥的神色更難看了，可以用面沈如水來形容。

林悠悠臉上的笑容就卡在了那裡，有些忐忑地看著劉彥。「怎麼了？我哪裡說錯了嗎？」

「妳之前怎麼從來沒和我說過？」

劉彥話一落，林悠悠心頭突然一跳，原本腦袋裡有些混沌的東西，突然就變得清晰了起來。

劉彥是生氣，但不是因為自己忘了他即將參加府試，而是因為自己去救人這件事情沒有和他商量，所以生氣了。

林悠悠咬了咬唇瓣，垂了垂眼睛，小聲道：「你每天都忙著唸書，已經很辛苦了，我不想打擾你。而且這件事情，我一個人可以搞定的。」

只是，說到後面，聲音越來越小，到底也是覺得自己這件事情做得不夠好，不該一點也沒讓劉彥知道，之後也沒有和劉彥說。

劉彥心裡自然是生氣，氣她這麼重要的事情不和自己說，氣她這般危險，不和自己商量，否則自己定然會一起去的。他還是事情發生後，在黑丫和陳招娣、余伯說起的時候聽到，否則怕是一直不知道。

知道後，只覺得手心都是汗，後怕不已。不敢想像若是中間出了什麼事情，可怎麼辦？那種可怕的後果，他只是稍微一想，就覺得心口疼得厲害。

自己自然是非常生氣，但看著對面的姑娘垂著腦袋，一副做錯了求原諒的可憐模樣，劉彥就只能無奈地算了。不然能怎麼辦，把人罵一頓打一頓嗎？首先，自己就先捨不得了。

算了，他這輩子算是栽在這個女人手上了。

劉彥伸手將人給抱入懷中，低聲道：「下次別自己衝在前頭了，我會很擔心的，也太害怕了。」

「好。」林悠悠靠在劉彥的懷裡，臉色緋紅，輕輕應了一聲。

接下來幾日，林悠悠都讓陳招娣幾個自己做飯自己吃，她則是單獨做劉彥的飯菜，和劉彥一起吃。

雖然她對劉彥很有信心，知道這次考試不僅能過，而且還是頭名，但她還是準備給劉彥好好做飯菜，讓他吃好一些。昨天看劉彥都有些瘦了，不知道是因為這些日子多是陳招娣做的飯菜，不合口味，還是說功課繁重，過於用功讀書的緣故。

反正，她精心給他做點好吃的，總是沒錯的。

這般，很快就到了府試的日子了。

前面劉彥的考試，林悠悠都沒見過，這次，她想陪著劉彥一起。

這次考試共三場，每次一天，就得備些乾糧了，不然在考棚裡就得餓肚子。

林悠悠想了想，給劉彥準備了古代版泡麵，將臘肉、乾香菇丁、青菜乾都先炒熟了，放在一個帶著蓋子的竹製小桶裡，就像是現代泡麵碗一般。古代考場裡是有熱水的，到時候找衙役要了熱水，這麼一沖一泡，這泡麵就能吃了，比吃饅頭餅子舒服。

第一日，天還沒亮，林悠悠就起來給劉彥做早飯。

一大早的，若是平日，她喜歡吃些清粥小菜，但今日劉彥要去考試，她就做了乾飯，再做了清淡的菜色。

劉彥一起來就聞到了飯菜香，瞬間嘴角就忍不住勾了起來。他穿好衣服，洗漱出來，就和林悠悠一起吃飯。

林悠悠自己沒怎麼吃，反而不停給劉彥布菜。

「多吃些，雖然準備了考場裡吃的了，但總是不如這下吃得舒服自在。」

劉彥輕聲應著，將林悠悠挾過來的菜都吃乾淨了。

這種被人關心被在乎的感覺實在太好了，尤其還是心上人的關懷。

吃完飯，劉彥就將整理好的書箱拿了出來，再次檢查一遍要帶的相關東西，以及乾糧汗巾等一些物品。

檢查完畢，並無遺漏，劉彥就準備出門了。

林悠悠也跟著去了，想了想，又讓余老漢也跟著去，若是有個什麼事情，還能搭把手。

兩人出了門，天還是黑著的，遠處天空有一點點灰色露出來，看著是要天亮了。

雖然天色昏暗得很，但街道上已經很熱鬧了。有早起去買菜的，有去參加考試的，有運送貨物的。

考試地點在貢院，是東街口那邊，這邊走過去要小半個時辰，林悠悠考慮到了，早早雇了馬車。馬車在考試的日子可是緊俏得很，價格都比平日翻了一番，即便如此，還是供不應求。

然後衍生出了拼車，反正都是去考試的，終點都一樣，拼車也能省點銀錢。而且讀書人及其家屬都是客氣講理的人，同乘一車倒也無妨。

林悠悠的鋪子生意不錯，是不缺這個錢的，可以單獨租一輛馬車，但她還是晚了，只剩下幾個拼車的位子，若是不要，那就只能自己走著去了。

所以林悠悠租了一輛馬車，總共可以坐八個人，她這邊上三個人，還有另外兩個考生和家屬。

提前將住址告訴車夫，車夫計算好了時間路線，就會交代大家什麼時辰在家門口等著；若是錯過，馬車是不會等的，直接過去，之前交的押金也是沒得退的，只能自認損失。

林悠悠這邊是第二戶人家，馬車到的時候，車上已經有兩個人。一個是考生，二十幾歲的年紀，另一個看年紀應該是考生的長輩。

三人上了馬車，馬車繼續行駛，要去接最後一戶人家。車上安靜得很，也沒人說話。

行了約莫一盞茶的功夫，馬車又停了。

「怎麼回事，怎麼遲了一刻鐘？這樣不守時，還收那麼貴的價錢。」

還沒見到最後一戶人家，就先聽到抱怨的聲音了。

馬車停了，憨厚老實的車夫小聲解釋著。「今日街上人很多，不敢趕太快，怕衝撞了人。」

那婦人依舊不高興地哼了聲，就扶著一個少年郎上了馬車。

這下人都齊了，要往貢院而去。原本以為路上依舊安靜，但顯然最後上來的人不是個安靜的主兒。

「貴寶，來，再吃一口糕餅，多吃點，待會兒考試才有力氣。」

「吃什麼吃，剛才已經吃飽了，再吃，待會兒吃撐了怎麼考試？」那少年郎不耐煩地將老婦人伸過來的手推開幾分，眉目間皆是不耐。

老婦人就收起了糕餅。「貴寶說得有理，是奶沒想好，奶的錯。」

然後安靜了一會兒，那老婦人又拿出了水囊來。「貴寶你渴嗎？喝點水吧。」說著，已經將水囊打開了。

少年郎頓時生氣不已，大力將老婦人的手推開。「煩不煩，一直吵吵的，影響了我的心情，待會兒還怎麼考試?!」

也許是少年郎的力氣太大了，老婦人手上的水囊就飛了出去，水囊的口子又是打開的，這下水都濺出來了。

而且好巧不巧，那個方向就是林悠悠那邊。她還沒反應過來呢，就被人擋住了，溫熱的氣息撲向脖頸之間。

是劉彥將身子擋了過來，擋住了那飛濺過來的水。

林悠悠身上半點沒濕，但劉彥衣服的前襟卻濕潤了，還滴滴答答地滴著水，看著很是狼狽。

林悠悠忙去查看劉彥，前面衣服都濕了，看這痕跡，只怕裡衣也濕了。林悠悠頓時氣惱地看了過去，卻見那老婦人眼珠子一轉，臉上閃過一抹心虛，但很快就被蠻橫取代了。

她看了劉彥一眼，道：「你怎麼也不躲開，躲開不就沒事了？真是的，害得我的水都灑了。」

聽了這話，林悠悠氣了個倒仰。「妳這人說話好生無賴，虧妳還是家裡有讀書人的，實在是辱沒了讀書人。」

林悠悠這話一落，那老婦人當即勃然大怒，顯然是踩在對方的痛腳上了。「妳這小賤人說的什麼話，妳可知道我孫兒是誰，就敢這樣說話?!」

林悠悠就去看老婦人身邊的少年郎，面色有些白，身子纖弱，頭微微抬著，一副倨傲非常的樣子，家世背景應是一般，否則也不會在考試當天還要拼車了。再看老婦人和書生的衣著，也不算富貴出身。

「洗耳恭聽。」林悠悠嘴角扯了扯，一副嘲諷的口氣。

「我是李聰。」老婦人還沒說話，那書生就已經報了名字。

聽了這名字，林悠悠和劉彥皆是一頭霧水，不知道這個名字有什麼特別的。

倒是一邊父子兩人中的那個少年郎，面色一變，看著書生的神色幾經變化。

林悠悠眸光轉動，很快想出了法子。當務之急是萬萬不能影響了劉彥的考試，其他後面再說。

「先掉頭回去，我家夫君衣裳濕了，得回去換件衣裳。」

「不行，這一來一回的，若是耽誤了我孫兒考試，妳擔待得起嗎？」聽到林悠悠的話，那老婦人一下子就跳了起來。

林悠悠卻笑盈盈道：「這樣的話，那妳孫兒也不用考試了。害得我夫君不能考試，我就豁出去了，要讓妳家人也不能考試。反正考試有三場，每場一天呢，總會讓我找到機會的。只要耽誤了一點，那成績可就差太多了。」

老婦人和書生瞬間被這架勢給唬住了。

林悠悠就掀了簾子。「大叔，停一下。」

因為隔著簾子，車夫也是專心趕車，街道上又熱鬧吵嚷得很，並不知道車上發生了什麼事情。此刻簾子猛然被掀開，聽了林悠悠這話，猛然勒住了韁繩。

馬兒有點受驚，發出嘶鳴。車夫將馬車趕到旁邊，停了下來，轉身問道：「怎麼了這是？」

林悠悠快速將事情解釋了一遍，最後道：「麻煩大叔將車趕回我家，讓我夫君換身衣裳。小婦人也知道時間緊張，麻煩大叔儘量將車趕快些。」
聽了這話，車夫神色一緊，當即慎重點頭。
衣裳濕了，確實影響考試，待會兒時間長了，別受了風寒，因此就要掉頭往回趕。
這下，李聰就急了，擔心趕不上考試。
「不行，不能去。這車是大家一起租的，又不是妳一個人的，我說不能回去！」
李聰這回終於用正眼看林悠悠和劉彥了，下巴抬了抬，道：「這次算我奶奶不對，對不起，算我李聰欠你一次。這次事情就這樣了，留下你的名字，我李聰到時候指點你一番，也算是你撞大運了。」
林悠悠尚且沒有說話，劉彥就先笑了。那笑聲在狹窄的馬車裡顯得格外清晰，聽在李聰耳朵裡也格外刺耳。
李聰當即變色。「你笑什麼？」
「就是聽到好笑的話，就笑了。」
李聰氣了個倒仰。
林悠悠卻是對著一臉震驚的車夫道：「大叔，麻煩你快些將馬車趕回去吧，待會兒會來不及的。」
「嗯，好，好的。」車夫是個憨厚老實的大叔，一聽這話，頓時急了。這可是關係考試的大事，耽誤不得，得馬上趕回去。

應了之後，忙就揮了馬鞭，就要掉頭往回趕了。

老婦人和李聰終於反應了過來，既不敢置信又惱羞成怒。

他李聰何等聰明之人，是此次眾望所歸的府試案首，到哪裡不是被捧著？若不是他不耐那些事情，百麗城好些富貴人家都捧著金銀來結交他，誰知今日卻被一個車夫無視，實在是氣煞他也。

李聰顧忌著面子，做不出和車夫爭辯這樣掉身分的事情，但李聰的奶奶就沒這個顧慮了，伸手就要去搶車夫手上的韁繩。「不行，立刻去考場，要是耽誤了我孫子考試，誰賠得起?!」

這時候，車內默默無聲的那對父子終於動了。那個少年郎伸手去阻擋老婦人。「本就是你們不對，合該讓人家回去換了衣裳。大叔，快些將車趕回去吧。」

萬萬沒想到事情會這般，老婦人頓時驚叫一聲，就要撒潑。

「聽表哥，是你嗎？」

卻在這時，外面傳來了一聲嬌滴滴的招呼聲。

幾人往外看去，就看到旁邊一輛頗為富貴的馬車，簾子被人掀開，一個妙齡少女一雙妙目正看著這邊，更準確地說是看著李聰。

那老婦人一看到這少女，臉上頓時就笑出了朵花來。

這個少女是老婦人家裡不知道隔了幾層的表親，叫孫珍珍，家裡是做酒樓生意的，很是有錢。最重要的是孫珍珍愛慕李聰，孫家也很看好李聰，一直說著要資助李聰讀書科舉，但李聰素來清高，拒絕了。

老婦人看到孫珍珍，就將剛才車上發生的事情自我潤色一番說了。

孫珍珍聽了，頓時面上也跟著露出了憤慨。「這樣狹小烏糟的馬車，聰表哥肯坐，就已經是這馬車撞大運了。能與聰表哥同坐一輛馬車，是他們沾光了，竟然還這般不識好歹。」這般數落一頓，又說道：「李奶奶和聰表哥來我家馬車上坐吧，不要與那些蠻橫無理的人同坐了。本來這般早，我也是想著要趕去考場，給聰表哥鼓勵的。」

話落，還羞澀地看了李聰一眼。

老婦人和李聰自然再合心意不過了，當即就下了馬車，往孫珍珍那輛馬車而去。

兩人才一落地，林悠悠就快速對車夫說道：「快趕車。」

一切事情之後再說，當務之急是趕回去換衣裳，再去參加考試。這些恩怨，後面有的是時間和機會慢慢算的。

車夫即刻一甩韁繩，掉了頭，疾馳而去。

老婦人和李聰還想著看那一車人羨慕悔恨的表情呢，誰知道，一轉頭已經是飛馳而去的馬車影子了，頓時又生氣了一場。

而林悠悠那邊，車夫很快趕回家裡，讓劉彥快速換了衣裳，重新上了馬車往考場而去。

到了貢院門口，那邊已經熱鬧非凡了。貢院的門也開了，此時正在排隊檢查等候入場。

沒遲到就好，林悠悠剛才在車上只覺得一顆心跳得飛快，深怕趕不及。劉彥可是要連中六元的狀元郎，可不能在這裡折戟沈沙。

看著劉彥好好地進入考場，她這才算是鬆了一口氣。

「夫人，這裡人多，我們找個地方休息一下吧，公子要到傍晚才能出來。」

林悠悠點了點頭。確實，這考試要一日，這會兒天才開始大亮，時間早得很。那去做什麼呢？她就想起了寶珠，那個可憐的小姑娘在慈孤院不知道怎麼樣了？

林悠悠就讓余老漢在這邊守著，自己則是找了輛馬車去了慈孤院。

這會兒，廣場上都是馬車，都是送考生過來的，方便得很，價錢也便宜，只要五文錢。

行了三刻鐘，就到了慈孤院。

慈孤院位於南街一個偏僻的巷子內，是一個不大的宅子，宅子上掛著慈孤院的牌匾，已經發黃脫落了，門上的鐵鎖也生了鏽，看著就很落魄。

看到這情景，林悠悠腦海裡想著的是寶珠那張精緻好看的臉。那樣一個如花嬌豔的小姑娘，被取名叫寶珠，以前在家裡定然是極受寵愛的吧？

林悠悠心頭略微感慨一番，上前去敲門了。

敲了好一會兒，才有人過來開門。

「誰啊？」來開門的是一個老婦人，眼睛瞇著，看不太清楚的樣子，頭髮幾乎全白了，身子也是半佝僂著。

「我是來看望寶珠的，就是幾日前從人販子那邊救下來的那群孩子。」

聽了這話，那老婦人神色複雜地看了林悠悠一眼，然後嘆息一聲，回答道：「不在了。妳來晚了。」

第三十三章

聽了這話，林悠悠差點嚇得魂飛魄散，忍不住去抓那老婦人的手。

「妳說什麼？什麼叫不在了，什麼叫我來晚了？」

老婦人看著林悠悠的眼神很是複雜，張了張嘴就要說話的時候，卻是猛然被一個聲音打斷了。

「瞎婆。」這聲音尖銳又急促。

聽了這聲音，那老婦人就閉嘴了，垂下眼睛再不作聲。

林悠悠很是著急。老婦人剛剛明明已經快要說出答案了，此刻被這樣一打攪，又不說話了，可真是急死人。

正當她著急不已的時候，那聲音的主人此刻走到近前來。林悠悠一看，是個慈眉善目的中年婦人，身上的衣服很是樸素，頭髮梳得一絲不苟，簡簡單單只一根木釵。

這人林悠悠認識，正是慈孤院的院長，大家都喊她沈姑姑。

上次見沈姑姑，還是在府衙的時候，那時，楊青山傳了這沈姑姑來，親自說了話，讓沈姑姑將這批被拐賣卻無人來認領的可憐孩子帶回慈孤院。當時，她還覺得這沈姑姑長得很是和氣，又是慈孤院的院長，專門收留孤兒或是無人供養的老人，心腸很好。

但是，剛剛聽了老婦人的話，心頭忍不住有了幾分別的看法來。

沈姑姑不記得林悠悠，因為當時旁邊圍觀的百姓頗多，自然是不記得了。

她走到近前，對著林悠悠解釋道：「這是瞎婆，因為眼睛很差，也不記得自己的名字了，大家都叫她瞎婆。她脾氣怪得很，整天神神叨叨地說些奇怪的話，妳不要見怪。」

林悠悠忙問道：「我是來看望寶珠的。」

聽到這話，沈姑姑眼睛快速閃了一下，然後笑道：「寶珠三日前被一戶人家收養了，如今不在這裡。」

林悠悠面色頓時大變。「怎麼會被收養的？」

沈姑姑並未生氣，而是看了看四周，最終無奈地嘆氣。「我也捨不得，若是可以，我都想將這些孩子留在身邊親自教導，看著他們長大。但是妳也看到了，這邊的環境不好，若是留在慈孤院裡，吃飽穿暖都成問題。所以，有人前來收養這邊的孩子，我們經過考察，覺得合適的，就會讓對方收養。

「來收養寶珠的是一對中年夫妻，兩人膝下只有三個兒子，沒有女兒，很想要一個女兒，就來了慈孤院。他們見了寶珠非常喜歡，就決定收養寶珠。我認真尋訪考察過，這對夫妻感情很好，家庭也清清白白，而且家境不錯，頗有些家財。寶珠去了這戶人家，定然會如她的名字一般，被人如珠如寶地疼愛。所以，這位夫人儘管放心。」

沈姑姑回答這些問題已經很熟練了，因為上次拐賣案傳得頗廣，所以近來，常會有人過來關心那些孩子，更是有好些人過來送吃食衣裳銀錢。

「那戶人家住在哪裡？我想去看看寶珠。」

林悠悠想著，若是寶珠果真生活得幸福安康，那她也算是放心了，不打擾也可以，只要遠遠看著也足夠了。

沈姑姑卻是為難地皺起了眉頭。「這恐怕不方便。為了收養的孩子能夠更快融入家庭，我們都會為其保密，希望夫人諒解。寶珠如今很幸福，夫人可以放心的，我們就不要去打擾寶珠的生活了。」

「我不會前去打擾的，我也是為了寶珠好，只是想親眼看看她，遠遠看一眼也好，確定她快樂幸福就行。」

這樣的要求，也不過分，沈姑姑就點頭應了下來。「這樣，我先跟那戶人家通氣一下，明日這個時候妳再過來，我帶妳去。」

這話說得在情在理，確實應該和人說一聲，突然造訪也讓人不快。

林悠悠點頭，表示理解。「既然如此，那我明日再來。這會兒家中還有事情，就不多留了。」

沈姑姑看著林悠悠離開，讓瞎婆闔了門。

約莫一盞茶的功夫後，林悠悠又輕手輕腳地繞了回來。她看了看周圍，確定沒人，然後找準了一棵樹，摩拳擦掌準備往上爬。

跟黑丫相處久了，她也學會了這一招。廢什麼話，自己爬過去探查一番不就好了？說不定寶珠還在慈孤院裡呢！

只是還沒等她有所動作，門又開了。

大門年久失修，打開的時候發出聲響，極為突兀，在這安靜的巷子裡，讓本就小心翼翼的林悠悠差點沒嚇得跳起來。

林悠悠轉身就要跑。

「妳過來，我和妳說。」

那沙啞的聲音讓林悠悠的腳步頓了一下，慢慢轉過頭去。是那個被沈姑姑稱為瞎婆的老婦人站在那裡。

她這就收住了要跑的腳步，往瞎婆那邊走去。

「寶珠還在院裡嗎？或者妳知道寶珠在哪裡？」林悠悠急切問道。

她還記得寶珠的眼睛比鑽石還要漂亮，眼裡的光那麼璀璨。寶珠可千萬不要有事啊……

早知這般，她就該收養寶珠。

瞎婆先是認真看了看林悠悠，直將她看得急躁不已，連聲催促，終於說話了。

「沈姑姑說得不錯，寶珠確實被收養了。收養她的那戶人家具體如何，還是妳親自去看看吧！西街，雲來酒樓孫家。」

瞎婆說了這兩句話，就將門關上了。

得到了答案，林悠悠沒再繼續執著，不敢耽擱，找了馬車就往西街而去了。

上了車，她問道：「聽說雲來酒樓的飯菜味道很好，我才來百麗城一月，很多地方還不熟悉，不知道大爺是否了解？」

林悠悠雇車的時候，特意專門找了這個一看就熱情健談的大爺。

果然這個大爺聽了林悠悠的話，笑道：「這話是沒錯的，那雲來酒樓確實如它的名字一般，客似雲來，而且來往的都富貴得很。若想去的話，還是得早些去，不然等到了飯點，怕是就沒有位子了。」

「那雲來酒樓的孫老爺也是住在西街上嗎？」

「孫老爺家的宅子也在西街上，是一棟氣派的三進院子。但是雲來酒樓後面也有一幢二層小樓，孫家的人偶爾也會在那裡休息。」

那寶珠是在雲來酒樓，還是孫家呢？

人販子的事情過去沒多久，如今也算是在風口浪尖上，雲來酒樓又是那樣一個熱鬧矚目的地方，那孫老爺應該還沒有這般大膽吧？

「我和孫家有點親戚關係，是孫老爺遠房的外甥女。今日得了空，就要去孫家拜訪一下，麻煩大爺往孫家宅子去吧。」

「好嘞。」大爺應了一聲，韁繩一甩，馬車就往西街孫宅而去了。

其間，林悠悠又旁敲側擊地了解了一些孫家的事情，然後震驚地發現，早上接了李聰祖孫的那個少女，就是孫老爺的女兒孫珍珍。這還真是有些巧了。

「孫老爺最大的產業自然就是雲來酒樓了，其他的還有兩間小飯館、一家客棧，算是比較富有了。孫老爺膝下兩個兒子、一個女兒……據說孫老爺對這唯一的女兒千嬌百寵，視若珍寶……李聰知道嗎？那是個極有天賦的學生，據說此次案首非他莫屬，他日或許能夠中狀元的人才。這樣的人才，據說和這孫家女兒孫珍珍青梅竹馬，兩家有意議親呢！」

聽著那老車夫絮絮叨叨地八卦，馬車很快就到了孫家宅子外頭。

「這就是孫家了，妳看氣派吧。」

林悠悠附和地點了點頭，付了車費下了車，站在原地略微思索了一番，就到後門去等著。

等了約莫一盞茶的功夫，終於出來一個包著頭巾的中年婦人，手上挎著一個籃子，應該是出門採買的。

「嬸子。」林悠悠忙就熱情地上前喊了一聲。

那中年婦人沒想到才出門便聽到一個聲音，倒是嚇了一跳。轉過頭去看，見林悠悠一個清秀的小婦人臉上帶著柔柔的笑意，又放下心來。

「妳是誰？」

她不記得認識這人，但是在大戶人家做事，總是更謹慎一些的，如無必要，還是不要交惡的好，所以客氣問道。

林悠悠當即從衣服裡掏出了一個銀錠子，足足有五兩，直接塞到婦人的手上，同時握著對方的手，小聲說：「嬸子，我就想打聽一點事情，不會耽誤妳多少時間的。」

那婦人本是不肯的，但感受到手心裡銀子的分量。一摸就知道，這是五兩銀子。她一個月才八百文月錢，這五兩銀子抵得上大半年的工錢了，自然是不會不心動的。

她就順著林悠悠的力道，回握著對方的手了。

林悠悠心下一喜，挽著對方的胳膊往街外而去。「嬸子，我家今天到了一批青菜，新鮮得很，跟我去看看吧。」

「嗯，那就去看看吧。」婦人當即也配合，順著林悠悠的力道一起走了。

到了僻靜角落處，兩人分開了手。

婦人將銀子握了握，感覺到五兩銀子的實在，臉上就露出了放心神色。她快速將銀子收好，這才轉頭看向林悠悠。「說吧，妳想問什麼？」

「妳知道慈孤院裡有個小姑娘被妳家老爺收養的事嗎？」

原來是這事，婦人頓時放下心來。這本就不是什麼秘密，也沒什麼可避諱的。

「是有這樣一件事情。那姑娘是三日前被老爺和夫人從慈孤院裡帶回來的。我遠遠看見過一次，生得極為好看，像是年畫上的人物一般。」

「那她現在過得好嗎？」

婦人聽了這話，奇怪地看著林悠悠。「被老爺和夫人收養為女兒，當然是過得很好了。

從今以後就是金尊玉貴的二小姐了，吃美味、穿華服，有奴婢伺候，還能不好嗎？」

「那她此刻在府中嗎？」林悠悠總是想親自看對方一眼，才放心的。

「這下不在。一大早的，老爺夫人就帶著寶珠小姐去了雲來酒樓，說是今日有一位好友前來，特地帶寶珠小姐去見見。」

林悠悠聽到這裡，知道其他的也問不出更多來，就點了點頭，對這婦人感謝一番，轉身離開了。

她要去雲來酒樓，那邊可能還更容易見到寶珠。

雲來酒樓和孫家的宅子都在西街，走路就能到。

走了約莫一盞茶功夫，林悠悠就到了酒樓門口。她先是在對面看了看，此刻是上午，但是還沒到飯點，酒樓門口沒幾個人，冷清得很。

目光往上看去，那是雲來酒樓的第二層，上面有雅間，私密性更好，自然價錢也更高。

此刻，那些雅間的窗戶都開著，看著都還沒人。

她目光正要掠過，卻在掃過某個紅色影子的時候頓住了。

那是一個穿著紅衣的女孩，年約七、八歲的樣子，面容白嫩，極為漂亮精緻。

那女孩站到了窗邊，頭用力地搖著，在抗拒著什麼。

寶珠！

她果然在雲來酒樓，而且剛好就在那個雅間。

林悠悠看到寶珠一副掙扎抗拒的樣子，心也跟著提了起來，忙快步走到對面，想要儘快去到樓上。只是才走到雲來酒樓這邊，就聽到上面一聲驚呼。

她當即抬頭去看，就看寶珠攀著窗戶，眼睛一閉就往下跳了。

看到這幅情景，林悠悠的一顆心都差點停止跳動了，連忙看準方向，伸手去接。

接到寶珠的那一刻，林悠悠只覺得一雙手臂幾乎不是自己的了。一股巨大的力道從手臂上傳來，幾乎要震碎她的身子。她連忙後退，想要將這些力道卸去一些。

步步後退，直退到了一個賣梨子的攤子前面，碰倒了那些梨子，但同時也將大部分力道給卸走。這下，可算是讓林悠悠緩口氣了。

她順著力道一屁股坐在梨子攤上，雙手也放在了地上。

寶珠身子一下子歪倒過去，倒在林悠悠的懷裡。

她詫異地睜開眼睛，就對上了林悠悠因為疼痛而泛著淚花的眼睛，頓時不敢置信地眨了眨眼睛。

「姊姊。」寶珠小聲地喚著，不敢置信。

寶珠對林悠悠有股奇特的感情。被從人販子手上解救的那日，是林悠悠第一個衝過來抱住她，溫聲細語地安慰她開導她，給她擦身換衣裳，給她喝水吃東西。

林悠悠就是她心中的那抹暖陽。

在慈孤院裡，她一直期待著能夠再見到姊姊。只是沒想到才出虎口，又入狼窩，被這孫家夫妻從慈孤院買回來，要拿去討好那個剛從京城告老還鄉的姚大人，據說是個剛從吏部退下來，很是了得的一個人物。

但再是了得，那也是花甲之年，她寧願死，也不會讓他們得逞的！

只是在死之前，她還想再看到姊姊……

沒想到這個心願真的實現了，真的看見了姊姊。所以，她是死了嗎？

「寶珠，有沒有事？」

林悠悠雖然自己雙手劇痛，幾乎不能動彈，但還是先關心寶珠。

寶珠搖了搖頭。「我沒事。」然後又笑了。「姊姊，雖然死了，但是能夠看見妳，我真是高興。」

林悠悠哭笑不得。「說什麼傻話呢，妳可沒死，好好地活著呢，以後都會平安幸福的。所以，別說傻話了。」

聽了林悠悠的話，寶珠很是疑惑，伸手掐了掐自己的胳膊。嗯，真疼，確實還活著。

想到自己還活著，還見到了姊姊，寶珠頓時又開心又委屈，眼淚一顆一顆地落了下來。她本就生得好看，白嫩嫩的臉上落滿了淚，頓時讓林悠悠非常心疼。

「沒事了啊，沒事了啊，以後和姊姊一起生活。」

林悠悠想著，還不如自己收養寶珠，反正就一個小姑娘，她又不是養不起。

寶珠頓時就不哭了，開心地笑了，猛點頭。

這時候，也從雲來酒樓裡走出來好幾個人，看那衣著和氣勢，非富即貴。尤其是為首居中的那個老頭，雖然頭髮全白了，長得也普通，但那氣勢和眼神卻是讓人不敢多看，一看就是不好惹的人。

但林悠悠還是站到了寶珠前面去，擋住了讓人不舒服的目光。

姚定坤當過吏部侍郎，如今告老還鄉回到百麗城，那就是這裡了不得的人物了，人人都得敬著供著他。這孫家則是他一個八竿子都不怎麼打著的遠房親戚，他是不愛搭理的，但孫家也是有辦法，不知道從哪裡知道了他喜歡收養漂亮的小女孩為乾孫女，就送了一個來。先是送了畫像到府中，他看了當即就滿意得不行，這才同意來雲來酒樓，見了真人，更是滿意了。

只是沒想到這小丫頭還是個烈性的，孫家才一說送給他，他正想上手先驗驗貨，這小丫頭一下子就衝到了窗戶邊，更是直接跳下去了。

這性子實在是太烈了，待會兒抓回去，得好好調教調教才行。不過，性子烈一點也好，更有意思，更刺激。

「給我帶回去。」姚定坤看都沒看林悠悠，直接吩咐。

頓時，好幾個護衛從姚定坤身後走出來，一個個人高馬大的，看著就嚇人。

林悠悠一看這情形，手心都冒汗了。絕對不能讓對方壓制住，她得先發制人，否則，寶珠怕是再也救不回來了。

第三十四章

林悠悠看著熱鬧的街道，突然福至心靈，嚷嚷開了。

「救命啊！我可憐的寶珠，半個多月前才從人販子手上救回來，這就又要被一個老頭子給搶回家了！這都是什麼世道啊，一個個的要吃人啊！救命啊，誰來救救我們可憐的寶珠啊……」

這一聲聲如泣如訴的，猛然響起，頓時有種驚天地泣鬼神的妙用。反正林悠悠這麼一嚷嚷，街道上的人都停下腳步看了過來。

就看到一個清秀的小婦人抱著一個紅衣的瘦弱姑娘，正在那裡低低哭著。

人販子案件才過去沒多久，大家都還有記憶呢，這下聽到這話，自然關心，遂一個個都圍了過來，瞬間將林悠悠和寶珠給圍在中間。

事情轉變太快，姚定坤吩咐的人才走了兩步，還沒接近寶珠呢，就已經先被人群給擠了出來，頓時看向姚定坤，等著指示。

姚定坤氣了個倒仰，鬍子都要飛起來了。可畢竟為官多年，還是有些城府的，知道此時不是意氣用事的時候。他剛剛告老還鄉，若是就鬧出這等逼迫幼女的事情來，實在是有損清譽。

反正，他看上的人就沒有得不到的。今日且罷手，等過兩日，風頭過去了，自然有的是辦法將人給弄到手。

姚定坤就退去了，但臨走之前給孫老爺使了眼色，讓其見機行事，務必要控制住那個小丫頭。

待姚定坤一行人離開，孫老爺孫大富和夫人錢氏對視一眼，忙撥開人群過去，一邊走一邊哭嚎起來。

「我的寶珠呀，怎麼就從樓上掉下來了？都跟妳說不要調皮了，不可以爬窗戶上去了……寶珠啊，娘的心肝肉啊，快讓娘看看！」

錢氏身子精瘦，長得也不高，一下子就讓她擠了進去。她伸手就要去拉寶珠，卻是拉了個空。

定睛看去，就看到林悠悠側了側身子，擋住了。

林悠悠此刻手上也恢復了一些，雖然依舊痠軟發麻，但已經能夠使上一些力氣了。

她目光冷冷地看著錢氏。這個女人表面哭嚎得厲害，實際上眼裡一點淚都沒有。而且那雙狹長的眼睛裡暗芒湧動，明顯是在算計，一看就不懷好意。

這一次，她再不會將寶珠放到這些不懷好意的人的手上去了。

錢氏被林悠悠這麼一擋，當即動怒。「妳是什麼人，為何抱著我家女兒？快些放開！」

「妳的女兒？妳還逼迫她，害得她從樓上跳下來！」

林悠悠目光如刀，內心也是冷意瀰漫。她不敢回想剛剛那個情景，只覺得渾身冒冷汗。自己要是晚來一點，是不是現在只能看到屍體了？

低頭看著懷裡白嫩精緻、滿眼依戀的小姑娘，林悠悠只覺得一顆心都化成了水。她伸出有些發麻的手，將寶珠輕輕抱入懷中。

「不知道妳說什麼，我們如何會逼迫寶珠，我們疼愛她都來不及。剛才是因為寶珠調皮才從二樓掉下來的，可把我和她爹嚇壞了，差點也跟著從上面跳下來。來，寶珠，來娘這邊，娘給妳買好吃的，買漂亮衣服穿。」

錢氏努力裝出一副和善樣子，但寶珠見了，卻是越發害怕地往林悠悠懷裡鑽。

這個時候，孫大富也終於擠了進來。

「快別在這裡擠著了，先將寶珠帶回去，給請個大夫看看。從那麼高的地方摔下來，不知道有沒有事情？如今寶珠看著呆呆的，不知道有沒有磕到腦袋？夫人，妳也不用太過憂心，寶珠這般可能是嚇壞了，給她一些時間。」

孫大富這麼一說，就給寶珠這些反應找了個藉口。

人群之中原本對錢氏指指點點的人，此刻也緩和了面色，明顯是信了幾分。

這般，孫大富就伸手要過來將寶珠帶走了。

林悠悠還沒動作，那邊寶珠就先尖叫哭鬧出聲。「不要過來，壞人！你們都是壞人！」然後轉身，越發往林悠悠的懷裡鑽去，緊緊抱著林悠悠。「姊姊、姊姊不要丟下我，姊姊！」

這一聲聲姊姊叫得林悠悠的心都要化了，更加抱緊了寶珠，清晰大聲地道：「去府衙！讓大人定奪，我不相信你們。」

聽了這話，孫大富和錢氏自然是氣憤不已，不能同意。但還沒等他們有所反應，林悠悠就已經轉向大家，大聲說道：「我相信大人，讓大人來定奪吧！那夫婦兩個若還是一直阻攔，實在是別有居心，不得不令人懷疑了。」

在寶珠身上具體發生了什麼事情，林悠悠不得而知，只知道剛才離去的那個老頭估計和此事脫不了關係，還是讓府衙來解決。經過上次事情，她還是比較相信府衙，而且此時此刻，她無權無勢，也只能求助府衙了。

周圍眾人聽了也覺得很有道理，就紛紛起鬨，一起去府衙了。

孫大富和錢氏見此情景，知道如今群情激動，不好妄動，且先跟著一起去府衙吧！反正他們是合法收養寶珠的，沒什麼見不得人的。

遂一行人跟著林悠悠和寶珠去了府衙。升了堂，聽明白了來意，楊青山就讓人去傳了雲來酒樓的幾個夥計，還有慈孤院的沈姑姑來。

人都到齊全了，楊青山開始審理此案。

「劉氏，為何狀告孫大富夫妻？」

「民婦乃是上次一同解救寶珠等被拐賣孩子的人，那次是民婦第一個抱住了寶珠，並幫她梳洗換了乾淨的衣裳，給她餵飯喝水，因此格外心疼關注寶珠。這次就去了慈孤院看望寶珠，誰知道寶珠竟然已經不在，說是被人收養了。

「我覺得很不對勁，畢竟還沒多少日子，寶珠還沒恢復過來就被收養了。但慈孤院的沈姑姑說寶珠很好，暫時不讓我見。我就先離開了，誰知道經過雲來酒樓的時候，就看到寶珠從上面跳了下來。而且當時還有一群形跡可疑的人，民婦懷疑孫大富乃是看中了寶珠的容貌，所以蓄意收養，意圖再次販賣。」

「妳胡說八道！我們疼愛寶珠都還來不及，自從收養她後，一直都是噓寒問暖，極盡愛護，捨不得她受半點委屈，何來妳說的那種意圖？此次寶珠會掉下樓，那也是因為寶珠頑皮，爬到窗戶上面，想要看外面的街景。誰知道一個沒注意，就掉了下去……我可憐的寶珠，我當時一個錯眼，妳就掉下去了，可是把為娘給擔心死了，差點就跟著妳一起跳下去了……」

「大膽！本官還沒發話，何時輪得到妳說話了！」

錢氏自以為表現得很好，誰知道楊青山卻是驚堂木一敲，嚇得孫大富和錢氏一個激靈。

楊青山不看孫大富和錢氏，轉而看向沈姑姑，讓其回話。

「慈孤院這幾年來越發入不敷出了，半個多月前，又收養了這麼多孩子，根本養不活。所以有了合適的人家過來想要收養，我們去調查一番後，覺得沒什麼問題的，就會讓對方收養。如此不管對誰都有好處。」

沈姑姑慈眉善目的，說話的時候一副悲天憫人的樣子，很是能糊弄人。反正外面站著的百姓聽了都點頭，覺得沈姑姑說得也沒錯。

楊青山又看向那些從雲來客棧被叫來的夥計，詢問當日所看到的，但一個個都說當日沒看清楚，就看到是老闆和老闆娘帶了新收養的小姐去雅間玩，其他的不清楚。

楊青山這個時候卻是看向了林悠悠，準確地說是林悠悠懷裡的寶珠。

「寶珠，妳來說，發生了何事？」

寶珠先是抬頭看了林悠悠一眼，見林悠悠滿眼鼓勵，抬頭道：「這對夫妻收養了我，然後今天把我帶到客棧樓上，見了一個老爺爺。那個老爺爺一直看我，眼神讓我很不舒服，後來更是伸手想要摸我，扯我衣服。這對夫妻還讓我不要動，讓老爺爺好好看看我。我很害怕，就想跑，然後就從樓上跳下來了……」

寶珠的話一出口，堂上安靜了片刻，圍觀的百姓也是愣了下，總覺得哪裡不對。

寶珠話語一落，錢氏當即忍不住，幾乎要跳起來去反駁。還好孫大富此時還有些理智，伸手狠狠地將錢氏給壓住了，嘴裡更是低聲呵斥。

錢氏到底還是懼怕自家男人的，只能老實跪好，但眼睛卻暗暗瞪著寶珠，寶珠頓時嚇得越發躲進了林悠悠的懷裡。

她失去了記憶，這一切對她來說都是陌生的，只有林悠悠是熟悉的，只有在林悠悠身邊，她才能安心。

察覺到了寶珠的害怕，林悠悠忙又將她抱緊了一些。

楊青山聽完寶珠的話，當即就道：「那位老人是誰，傳他上堂回話。」

這個時候，孫大富急切回道：「大人，不可。」

聽了此話，楊青山當即沈下臉來，驚堂木一拍。「有何不可？」

孫大富想了想，就道：「那是姚先生，才從京城歸鄉的姚先生。他年事已高，不方便來公堂。」

孫大富說得隱晦，不敢直接說出姚定坤的身分，否則引來什麼流言蜚語，他可擔待不起。他此刻心裡也是懊惱萬分，本來是想要討好姚定坤的，沒想到此次卻是弄巧成拙，還來了公堂。

都怪這個小婦人！哪裡來的沒見識的小婦人，壞了他的好事，待此間事了，他非得給對方一點顏色看看不可！

楊青山何等通透之人，聽了孫大富的話，轉念一想，立刻就猜到了那人的身分。姓姚，又是從京城歸鄉的，那就是剛剛告老還鄉回百麗城養老的吏部侍郎了。

這倒是有些難辦了，姚定坤在陛下面前頗有臉面，此次告老還鄉，陛下更是賞賜了不少東西，還讓人傳了話，讓他這個當地父母官要好好照料。

此事若是鬧大了，他怕是也討不了好。

而最重要的是寶珠這事未成，抓不到證據。真要論起來，也只是讓姚定坤名聲有瑕，並不能讓對方傷筋動骨。鬧得厲害了，對寶珠、對劉氏都不好。

楊青山心頭權衡一番，也只能暫且揭過。此事不急，那姚定坤既然到了他的地界，所謂強龍不壓地頭蛇，何況姚定坤還是沒了牙的老虎，後面有的是辦法收拾。到那時候，陛下那邊也對這號人物淡忘了。

楊青山遂敲了驚堂木。「沈姑姑，寶珠和孫家並不合適，妳為何同意對方收養？」

沈姑姑當即跪下喊冤。「大人，我們慈孤院境況不好，很多孩子都吃不好，穿得也破舊，如果有合適的人家來收養，能讓孩子吃飽穿暖，我沒有理由不同意，攔著孩子們去享福啊！」說到這裡，沈姑姑似乎有些無奈，頓了頓，又繼續道：「而且我們在同意對方收養，將孩子帶走前，也會安排人去調查一番，確定對方家世清白。等到收養一個月後，我們還會再去拜訪，確定孩子生活得很好，才算是最後敲定了收養這件事情。大人，民女愚鈍，不知道哪裡做得不夠好，還請大人指點。」

這個沈姑姑也是個表面良善、內裡藏奸的人。這話說得一套一套的，十足委屈。

外面圍觀的百姓聽了，面上皆是同情的神色，更是小聲嘀咕，說沈姑姑做得沒有錯，換個人都沒辦法做得更好。

林悠悠也是忍不住側目幾分。這個沈姑姑果然不一般，見人說人話，見鬼說鬼話，而且每每都是一臉和善，這個本事，很是不一般。

就連楊青山都忍不住正視了幾分。這個沈姑姑，他倒是記住了，怕是身上也不乾淨，後面得找機會好好查一查，說不定還能給百姓除一害。

「沈姑姑，妳的法子頗為完整，找不出錯漏，但還是要引以為戒，多多注意。畢竟孩子們太過稚嫩，對於要交託的人一定要非常謹慎，如何仔細小心都是不過分的。」

圍觀百姓聽了，紛紛點頭。沈姑姑也跟著點頭。「民女知道了。」

楊青山又看向寶珠。「寶珠，妳還願意做孫家的女兒嗎？就是和妳旁邊的孫家夫妻回家，和他們一起生活。」

寶珠頓時抬頭，大聲道：「我不願意，不要，我不要！」表現非常激烈。

楊青山又指了指沈姑姑。「那妳願意回到慈孤院，繼續和沈姑姑一起生活嗎？」

沈姑姑也立刻端出一張笑臉來，和藹地說道：「寶珠，和姑姑回家吧。」

寶珠還是搖頭，使勁搖頭，眼裡的淚珠也落了下來，看著很是可憐。

這個時候，林悠悠就出聲了。「大人，民婦斗膽，想要收養寶珠，可以嗎？」

楊青山視線在林悠悠身上一頓，又看向寶珠。「寶珠，妳願意和這個婦人一起生活嗎？」

「我願意，我願意和姊姊一起生活，謝謝大人！」

寶珠頓時眉開眼笑，趕緊磕頭感謝，生怕晚了一步就錯過這個機會了。

林悠悠見此，也笑著和寶珠一起磕頭。「感謝大人給民婦這麼好的一個妹妹。」

楊青山也是被這兩人如出一轍的動作逗得忍俊不禁，嘴角微微上揚，只是弧度極小，一般看不出來。

這件案子到此也就結束了，雖然不完美，但已經不錯。反正林悠悠是挺滿意的，能好好地將寶珠帶回去，就很好了。寶珠太瘦了，她得好好養養。

那邊，錢氏很不甘心，還想要說什麼，但還是被孫大富給拉住了。此時，大人已經基本定了案，他們再如何跳出來也沒用。倒不如先這般，後面再徐徐圖之就是了。他們家有錢，就沒有錢解決不了的事情。

楊青山也宣判了此次案子，寶珠歸林悠悠收養。

案子結束，林悠悠就拉著寶珠回家了，沒有理會那幾道不懷好意的目光。

回到家裡，都快到午飯了，林悠悠就讓黑丫先照顧寶珠，她則是去做午飯。她打算做些好消化的家常菜，當作是給寶珠接風洗塵了。

寶珠原本很緊張，根本不願意離開林悠悠半步，但是有黑丫在，總算放鬆了一些，願意和黑丫一起玩。

黑丫很高興看到寶珠，拉著她去樹下坐著，給寶珠拿了糖果點心。這是剛才林悠悠交代的。

兩個小姑娘的際遇都頗為坎坷，又有著救命之恩，自然是合得來。不過一盞茶的功夫，寶珠和黑丫已經腦袋湊著腦袋在那裡一邊說話，一邊吃點心了。

黑丫吃著一個驢打滾，笑咪咪地說：「寶珠妳可有口福了，我跟妳說，夫人做的菜非常好吃。」似乎怕對方不信，她又再次強調。「真的非常好吃，我從來沒吃過那麼好吃的東西，簡直像是神仙做出來的一般！」

寶珠聽了，一雙漂亮的鳳眼裡也露出了好奇和期待來。

好吃嗎？那有多好吃？

不知道為何，想到好吃的時候，她腦海裡面快速閃過很多畫面，全都是美味佳餚，似乎是在一座富麗堂皇的宮殿裡，一張很大的桌子，桌子上擺滿了各種好吃的。畫面裡還有一個氣度威嚴的中年人，身上穿著一件明黃色衣服。那衣服好看威嚴極了，上面還繡著圖案，是什麼呢……

畫面只是一閃而過，等寶珠再要仔細回想的時候，卻是怎麼也想不起來，跟著腦子還劇痛起來。

本來寶珠和黑丫是坐在院子裡的長椅上說話，寶珠突然頭痛，根本坐不住，一下子就從椅子上翻了下來，跌倒在地上。

黑丫也嚇壞了，忙過去扶著寶珠，一邊害怕地大喊著。「寶珠、寶珠，妳怎麼了?!」

廚房裡的林悠悠和陳招娣聽到這邊的動靜，也連忙跑了出來。一看到寶珠捂著腦袋倒在地上，忙過去查看。

林悠悠見寶珠痛苦得臉上都是冷汗，抱起了寶珠往外衝去，要帶她去醫館看看。

寶珠看著七、八歲，但身子瘦弱，林悠悠只覺得抱著很輕。

她一路快跑，很快就到了離得最近的回春堂。

此刻，正是午飯時候，醫館裡沒有病人，只有一個在櫃檯後面整理藥材的夥計。

林悠悠一看就大喊：「大夫、大夫救命呀！」

這一聲喊，在後堂吃飯的大夫嚇得抱著飯碗就跑出來了。

「怎麼了、怎麼了？」

「快來看看，我們家寶珠怎麼了？她好像腦袋很痛，渾身都在冒冷汗。」

第三十五章

大夫檢查一番後，摸了摸鬍子，沈吟道：「小姑娘當初頭部應該受過重擊，裡面有瘀血。」

一邊的黑丫連連點頭。「對的，寶珠她以前的事情都不記得了，原來是因為腦袋受過傷。」

大夫聽了，沈吟不語，似在思索。林悠悠滿心擔憂，連忙問道：「大夫如何，寶珠有沒有事情？」

「只要配合治療，應該無礙。」

「大夫需要什麼藥儘管開，我們配合治療。」林悠悠低頭去看面色蒼白的寶珠，一雙眼睛變得堅定起來。

大夫只道：「她腦袋的瘀血要配合針灸，半月一次，需要一年時間，瘀血方能全部去除。待瘀血全部去除後，興許能恢復記憶。而且若是腦袋裡的瘀血不除，也是後患無窮。輕則頭痛難忍，重則有傷性命。」

林悠悠聽了，也稍微懂了，反正就是腦袋受傷，裡面有瘀血，要針灸治療。

「大夫治療吧！」

大夫見狀，就取了一套銀針來，開始在寶珠的腦袋上扎針。大約一盞茶的功夫後，大夫拔了銀針，治療就結束了。

「好了，半個月之後再來，診費一兩。」

一兩銀子，林悠悠算了下，完全治好得來二十四次。

林悠悠付錢的時候，忍不住笑著問道：「大夫，我們這還要來很多次，二十幾次呢，能不能便宜一點？」

聽了這話，大夫愣了一下，估計很少人和他砍價的。「已經是便宜了，我以前在京城給人施針，一次至少十兩的。如果妳覺得不合適，我就按正常價格收也可以。」

聽了此話，林悠悠連忙掏了一兩銀子，說了謝謝，抱著寶珠離開了。

回到家裡，飯菜早就冷了，她就讓陳招娣去熱一下。

這下，寶珠也醒過來了，迷迷糊糊地問道：「我怎麼了？」

黑丫頓時就嘰嘰喳喳地說了起來。「妳暈倒了，可嚇死我們了！」

寶珠對此沒有記憶，伸手撓了撓腦袋，肚子就咕嚕咕嚕叫了起來。她早上都沒有吃飯，餓了一天，聽到自己肚子叫，頓時也不好意思地捂住肚子。

林悠悠倒是笑了。「大家都餓了，開飯吧！」

陳招娣將飯菜熱好，擺上桌子，大家圍坐一起，熱熱鬧鬧地吃了起來。

吃完飯，時間也不早了，林悠悠收拾收拾，就要趕去考場。

到考場的時候，已經是黃昏時候了，夕陽西下，貢院門口的廣場上也是擠滿了人，都是來接考生回去的。原先雇好的馬車也等著了，林悠悠直接找了過去，和車夫一起等著。

車夫看到林悠悠，笑著道：「你們夫妻感情真好。」連考試都一起，可見感情是要好的。

林悠悠心裡就有點窘。他們其實是假夫妻，只是夥伴，但聽了那車夫的話，她還是覺得心頭一顫，有幾分亂。

正好這個時候，貢院裡面響起了鑼鼓聲，今日的府試結束了。

頓時，廣場上的眾人也跟著沸騰起來，一個個忍不住往前走幾步。

林悠悠也想往前擠，想第一眼就看到劉彥出來，但是看著洶湧的人群以及自己的小身板，只能作罷。

算了，不差那一時半刻。

緊接著，貢院的大門打開，陸陸續續就有考生出來了。有的神采飛揚，有的愁眉苦臉，有的蒼白著臉，有的身子發虛打顫，看著單薄得像是一陣風就能颳跑一般。

看著這些人，林悠悠心中不免浮現幾分擔憂來。不知道劉彥如何，出來的時候，是高興呢，還是不高興呢？

雖然腦海裡亂七八糟地想著，視線卻是一直盯著貢院門口。

然後，她就看到了那個心心念念的人。

那個少年郎，一身白衣清俊，此刻眉目淡淡的，面上看不出什麼神色來，只是快步往外走著，有些急的樣子。

然後，似乎是察覺到了什麼，他突然朝著這邊看過來。

隔著人海，兩人目光相交，周遭的一切似乎都變成了背景，所有的聲音景象都模糊了，眼中只有那人。

林悠悠站在那裡，人未動，一顆心卻是怦怦怦地跳得飛快。她目不轉睛地看著劉彥快步走來，看著那人越走越近，一雙眼睛都沒眨過。

待他走近，恍然發覺眼眶發酸，忙眨了眨眼睛，就見那人已經站在了面前，長身玉立，君子端方，讓人挪不開眼目。

這個少年郎走出了村子，將會越來越耀眼。

劉彥走到林悠悠身邊，很自然地伸手幫她整了整臉頰旁微亂的髮絲，動作親暱又自然。

林悠悠卻是身子微微僵了一下，眼睛微微垂著，不敢抬頭去看，鼻息間是他微熱的呼吸，只覺得一下子面紅耳熱起來。

而看似氣定神閒的男人，此刻放下了手，藏在袖子下，指尖也微微顫了顫。原來內心也是不平靜的。

只是很快地，另一個乘坐馬車的那名少年也來了。這次就他一人，父親有事便沒有過來了，所以這會兒就四個人乘坐馬車。

很快地，馬車就到了家門口，劉彥先下了馬車，將林悠悠扶下來，余老漢則是也跟著下了馬車。

就要進家門的時候，林悠悠卻是一把將劉彥拉住了。

劉彥停下了腳步，看著林悠悠。「嗯？」

「我今日收養了一個妹妹。」

這話成功地讓劉彥的淡定破了，眉毛都忍不住顫動了一下。他去參加考試也就一個白日的時間吧，怎麼一回來，自家娘子還多了一個妹妹？

「寶珠身世很可憐的，我想把她帶在身邊，保護她、照顧她。」林悠悠一雙眼睛看著劉彥，直把劉彥看得心軟不已。

「我先見見。」若是個好的，他自然不會拂了林悠悠的意。

進了家，不用林悠悠說，劉彥就見到這個剛剛收養的妹妹了。

是個穿著紅衣裳、很漂亮的小姑娘。小姑娘一雙鳳眼清亮，白嫩的笑臉一派天真。原本和黑丫坐在樹下玩，聽到動靜，轉頭看過來，見到劉彥是個不認識的，寶珠當即就往黑丫身後躲了躲。

劉彥忍不住抽了抽嘴角。他有這麼可怕嗎？

林悠悠幾步走了過去，將寶珠攬入懷中，伸手輕輕拍了拍對方的髮頂，牽著她走到劉彥身邊，介紹道：「寶珠，這是姊姊的夫君，妳喊姊夫就好。」

寶珠立刻乖巧地喊了姊夫。

被姊夫這個稱呼給愉悅了，而且還是自家娘子親自介紹的，劉彥眉眼裡的笑意藏都藏不住，也伸手拍了拍寶珠的髮頂。「乖。」

「好了，都認識了，後面慢慢相處就會熟悉了。現在，先進去吃飯吧。」

陳招娣將飯菜一樣樣端上桌子來，很快將桌子擺滿了。大家熱熱鬧鬧地吃了一頓飯，林悠悠很是開心，看看寶珠，看看劉彥，只覺得歲月靜好，待她不薄。

接下來兩日的考試倒是風平浪靜，林悠悠都是早早送劉彥去考試，傍晚卻是沒有去接劉彥了，而是在家裡做好吃的等劉彥回來。

每每劉彥回來，總是先到廚房，看到林悠悠後，臉上就會露出明朗的表情。這個時候，林悠悠也會立刻察覺，轉過視線，兩人目光相對，同時露出笑意來。

劉彥還會挽起袖子，進了廚房，給林悠悠打下手。這種時候，林悠悠覺得格外輕鬆，氛圍格外好。

另一邊，寶珠也適應得很好。兩、三日的功夫，寶珠就變得開朗了許多，讓人心生歡喜。

這邊是歲月靜好，另一邊，孫大富也查清楚了林悠悠的情況，此時正在家裡和錢氏商議著。

「老爺如何？不如先找人去探探口風，若是那邊不獅子大開口的話，就花錢解決了，比較沒有後顧之憂。只要能夠討好到姚先生，一切都是值得的。」

孫大富聽了，眉間的憂愁並未少掉半分。「我查了那婦人家裡的情況，她夫君是此次府試的考生。」

錢氏聽了，卻是不甚在意地撇嘴。

「參加府試而已，考不考得中還不一定呢！就算考中了，也不一定能有多大出息。你可是忘記了，你未來女婿李聰是人人誇讚的天才人物，這次的府試案首於李聰而言可是囊中之物，那個小婦人的夫君，一個小人物而已。」

只是孫大富為人素來謹慎慣了，還是有些猶豫。畢竟是讀書人，要是成績不錯，有可能入了城主的眼，那就麻煩了。

而且若是真的事不可為，他也不會強求。畢竟如今孫家已經頗為富貴了，不必太過冒險。

錢氏見自家夫君還在為難，眼珠轉了轉，卻是突然笑著道：「老爺，這可能還是好事呢！」

孫大富頓時被錢氏吸引了心思，轉過頭來看錢氏。

錢氏笑咪咪說道：「那小婦人的夫君既然是書生，那如果我們提出讓李聰指導他一番，對方豈不是欣喜若狂，感恩戴德？那麼一個無親無故的小姑娘罷了，應該沒有什麼捨不得的吧？」

孫大富順著錢氏這個思路，將自己放在那小婦人夫君的身分上想了想，也覺得自己會做出正確選擇。

畢竟李聰那般了得，連他的老師、一個甲等進士都誇讚不已，說是對方已經青出於藍而勝於藍了，比進士還厲害，未來可謂是一片光輝燦爛，就算是狀元郎的位置都能夠暢想一番了。

能夠與這般人物結交，讓對方指點提攜自己，那是金山銀山都不換的，何況是一個沒有任何關係的小孤女。

孫大富想明白之後，頓時也露出了笑意，還誇讚了錢氏一番。「還是夫人聰慧，果然是為夫的賢內助！」

府試成績是在考試結束後七日公布的。

全部成績是八日後公布，那日會在貢院門口張貼紅榜，公布通過府試的人員名單。但第七日會先公布前十的名單，有專門的衙役上門報喜。所以這日，大家都會在家等著報喜的衙役。

而這日，林悠悠也在家裡等著。

一早起來，她就準備了好些瓜果點心。待會兒有報喜的衙役來，到時候給衙役品嘗，也給周圍的鄰居品嘗，讓大家都跟著沾沾喜氣。
不一會兒，蓮嬸端著一盤瓜子過來串門子了。
「不介意我過來聊天吧？」
蓮嬸的鋪子生意慘澹，所以店裡留一個人看著就很夠了。每每讓女兒看著，她自己則是端著瓜子到處去聊天，這幾日也常來林悠悠這邊。
蓮嬸是本地人，幾代都生活在這裡，對百麗城最為熟悉不過了，說起百麗城來那是如數家珍，所以林悠悠也喜歡和蓮嬸聊天，聽對方說百麗城的各種事情。這會兒看到蓮嬸過來也笑著歡迎，讓黑丫取了些糖果點心來。
兩人一邊吃著果點，一邊聊天，氣氛頗為熱烈。
就在這時候，敲門聲響起。余伯去開門，門外出現了一個意外身影，是雲來酒樓的老闆娘錢氏。
這錢氏來做什麼，想要回寶珠？想到這種可能，林悠悠面色就沈了下來。
「妳來做什麼？」林悠悠站起了身子，看著門口的錢氏，冷冷問道。
雖然孫家在百麗城頗有根基，但林悠悠卻無法對這等傷害寶珠的人假以辭色。
錢氏皺了皺眉，似乎不太能理解林悠悠是這樣的態度。一個鄉下來的莊稼婦罷了，竟然敢這般和她說話？但想到自己來此是有正經事情的，還是不要節外生枝，免得攪黃了事情，耽誤了自家老爺的好前程。

錢氏眉頭立即又鬆了開來，臉上還掛著笑。「我這是來送你們一場好造化呢！」

這話，林悠悠不耐煩聽。「請妳出去，這裡不歡迎妳。」

錢氏當作沒聽到，三兩步走近林悠悠，笑道：「我家女兒珍珍可是李聰未來的娘子，我們兩家若是交好的話，以後妳夫君就可以多和李聰走動了。這其中的好處，妳可能不明白，不如讓妳夫君出來吧，他定然是知道的。」

李聰？這名字有點耳熟，仔細一想，這不是第一天參加考試在馬車上遇到的那個傻逼嗎？還和李聰交好，除非她和劉彥腦袋被驢踢了！

劉彥剛剛在蓮嬸過來的時候就避去了書房，聽到外面動靜就走了出來，正好聽到錢氏這話。

「沒必要。」對此，劉彥就三個字，絲毫不感興趣。

錢氏怔了一下，似乎沒想到劉彥會這般回答。「你還是先不要拒絕，可以再等等，等今日的報喜結束，府試案首出來後再決定。」

誰知，錢氏話語才落下，就有鑼鼓聲從遠處傳來。

「這是什麼聲音？」大家都好奇，是發生了何事。

「報喜、報喜、報喜！府試報喜！」

聲音越來越近，越來越清晰，大家都聽清楚了，頓時都是一個激靈。這是府試報喜的聲音啊！

院子裡面的人頓時都顧不得了，衝去門口看。

錢氏則是嘴一撇。有什麼好看的，反正又不可能是這家的男人考中。

第三十六章

「恭喜劉彥老爺喜中此次府試第一名！」連續三聲極為大聲的賀喜加上鑼鼓喧天，瞬間讓這條街道沸騰了起來。

「劉彥老爺是誰？」

「好像是林娘子的夫君。就是那個開吃食鋪子，熟肉賣得很火的那個林娘子。」

「天哪，真是完全看不出來，林娘子的夫君這樣厲害。」

「對啊，平日裡我和林娘子說話，她還是極為和氣的人。」

「待會兒我就去她的鋪子裡買點熟肉，向她賀喜一下，順便也沾沾喜氣！」

此時，報喜的六個衙役已經到了林悠悠的宅子邊。

「敢問，這可是劉彥老爺的住處？」

「正是，在下劉彥。」

林悠悠頓時歡喜得不行，伸手將劉彥往前一推。劉彥走到前面來，和衙役說了話。一聽就是正主，此次府試的第一名，衙役面上立刻帶上了恭敬。誰知道這位老爺以後會有什麼造化呢，看著這樣年輕，前途不可限量，今日結一份善緣，總是不會有錯的，說不定以後還能受益呢！

「幾位衙役大哥進來坐吧，喝口水歇息一會兒。」

林悠悠笑盈盈地請幾個衙役進屋，頗有種春風滿面的感覺，竟像是她自己得了第一名一樣。

幾個衙役就入了內，誰知道面前卻有一個人堵在那裡，將位置擋住了。

此人不是別人，正是那雲來酒樓的老闆娘錢氏。

錢氏前一刻還在那裡鄙夷，嘲笑林悠悠和劉彥，沒想到打臉來得這麼快。報喜的衙役不過瞬間就來到了劉家門口，這下更是進了門，錢氏還恍惚在夢中一般。

衙役見人擋在那裡，拿不准什麼身分，和劉彥家是什麼關係，所以不敢妄動，而是客客氣氣問劉彥。「劉彥老爺，這是您家長輩？」

看年紀，弄不好是老夫人，所以語氣格外客氣，還帶著點敬意。

劉彥當即皺了皺眉頭，道：「不認識，無關緊要之人。」

林悠悠也緊跟著對錢氏道：「請妳出去吧，我們家裡這會兒有喜事，沒空和妳掰扯，請妳自重。」

看到夫妻兩個這樣的態度，幾個衙役對視一眼，頓時心中有數了。

而另一邊的錢氏，這會兒似乎才回過神來，頓時著急地抓了靠自己最近的那個衙役的胳膊。「你說什麼？你剛才是報此次府試第一名嗎？是李聰？是李聰？」

肯定是李聰，不可能是別人！李聰寫的文章可是連姚先生都誇讚的，這樣厲害的人物，府試於他而言就是小意思，第一名自然是囊中之物。

這些衙役是怎麼回事，連報個喜都報不清楚，真是吃白飯的！這般想著，錢氏面上就帶出幾分不滿來。

幾個衙役更是不滿呢，這都什麼人，哪裡來的瘋婆子？看穿著倒是挺富貴的，怎麼講話就不過腦子呢？自己報得那樣清楚，整條街都聽到了，第一名就是劉彥老爺。

不過想到這婦人話中的意思，幾人還是忍住脾氣。無他，因為這人口中的李聰也是不凡，乃是此次府試的第二名；雖然不如第一名，但也是萬中無一，以後的前程也是不可限量，未來如何，也是不可預料。

那人遂也客客氣氣回答道：「不會有錯的，劉彥老爺就是此次府試第一名，府試案首。李聰老爺則是第二名。老夫人若是不信，明日紅榜張貼出來，就可以知道。」想了想，又補充道：「這樣重要的事情，我們是不可能弄錯的，我們這邊還六個人呢，全都是一再確認過，才敢上門報喜的。」

錢氏就怔在那裡，喃喃道：「第二名……第二名……怎麼可能是第二名？不可能的、不可能的……」

林悠悠對著余伯使了個眼色，余伯就將錢氏給推出門去了。

這下沒人擋著了，衙役們跟著進了屋，在堂屋裡坐下。略坐了一盞茶的功夫，說了無數吉祥話，幾個衙役就起身告辭了。

衙役們要走，林悠悠忙讓黑丫和陳招娣將準備好的禮物拿來。每人一個籃子，裡面有三斤滷肉用牛皮紙包著，還有林悠悠昨天晚上帶著陳招娣和黑丫一起包的粽子。再過七、八日就是端午節了，她先包了幾個嘗嘗味道。

每個籃子裡面都是一掛的粽子。籃子是竹篾編的，林悠悠在上面放了一些竹葉，看去倒是頗有野趣。當然，最後少不了的就是賞銀。人家來報喜，自然想要趁著主人家高興蹭點賞錢了。

林悠悠想了想，最後給每個衙役包了一兩銀子的紅包，放在籃子的最下面。一兩銀子不算多，但也不算特別少了。

幾個衙役第一次收到這樣的禮物，倒是意外。雖然沒有直接見到銀子，但是就這一籃子滿滿的東西，也還可以了。

一接過籃子，他們就聞到了誘人的肉味。這家的女主人倒真是特別。

衙役們拎著籃子走了，左鄰右舍立刻湧了進來，紛紛給劉彥道喜。劉彥和林悠悠高興地謝著，讓黑丫給眾人拿點心糖果吃。

這般到了近午的時候，大家也就離開了。

林悠悠忙讓余伯關上門，這才鬆了一口氣。「可算是走了。」

說完，看向劉彥，見劉彥也是一副頗為疲憊的樣子。兩人頓時相視一笑，什麼勞累煩惱都給忘記了。

錢氏急忙回到家裡，就去見了孫大富。

「老爺，我剛才聽到是那劉彥得了此次府試的第一名，而李聰才得了第二！」

孫大富坐在花廳裡喝茶。說是喝茶，但是茶杯含在嘴邊，半天沒動，眉頭狠狠皺著，顯然在煩惱什麼事情。

還沒見到錢氏，就先聽到了錢氏的驚呼。他將茶杯放在桌子上，力道有些重，杯子裡的茶水都晃蕩了一下。

就看到錢氏快步走了進來，頭上的釵環都有些亂了。

「我已經知道了。」

孫大富神色不好，錢氏忙收斂了怒意，在孫大富身邊坐下，先喝了杯茶。茶喝完，人也就冷靜下來。

「老爺，那珍珍和李聰的婚事呢？」

李聰年少英才又生得俊秀，孫珍珍芳心暗許。孫大富和錢氏也看中李聰的前途，未來至少是個舉人；若是再厲害一些，以後就是官老爺，那他們孫家可就是攀上一棵大樹了。所以對於這門婚事一直都很積極，樂見其成。

但是如今，卻是對李聰有所懷疑。連一個鄉下來的書生都比不過，這李聰真的很厲害嗎？孫大富也有些拿不准。

這時候，管家卻是小跑著進來。

「老爺、夫人，李公子得知自己得了第二名，不敢相信，這會兒跑去府衙找楊大人求證去了。」

「什麼?!」孫大富和錢氏同時站了起來，顯然驚得不輕。這李聰竟然還敢去找大人，這是在質疑大人的判定嗎？

孫大富先是著急，在花廳裡來回走著。但很快又冷靜下來，在椅子上坐下。

這樣也好，若是真的結果有誤，那李聰自然還值得籠絡；若是李聰自此被大人所厭棄，這門婚事就完全沒有必要了。

夫妻兩個就在花廳裡等著，等到吃過午飯，那邊的消息也傳了過來。

李聰藐視府衙、咆哮公堂，被重打了十個板子，取消此次考試成績。

孫大富和錢氏聽了，頓時出了一身冷汗。還好，李聰和珍珍的婚事沒成，不然他們孫家就倒大楣了。

這李聰沒什麼本事，但是闖禍的能力卻是厲害。前後不過一個時辰，這下鬧得不僅臉面丟盡，還被取消了資格，浪費了一年；被打十個板子，又得休養一段時間了。

明年再考會如何，誰知道呢？

孫大富和錢氏對視一眼，心照不宣。這門婚事就此作罷，他們得為自家女兒物色更合適的青年才俊了。

至於寶珠的事情，只能作罷。那家的男人如今是府試案首，在大人那裡是掛了號的，可不敢亂來了。

反正姚定坤就是喜歡幼女，只要花錢，沒有找不到的，只是費些時間和精力罷了。

因此接下來，林悠悠這邊倒是安靜了很多，沒有人過來找不自在。相反地，門庭還變得熱鬧起來，來拜訪的人不少。

有百麗城的富商想來結一份善緣，也有讀書人慕名而來，想要結交、探討學問的。

對於這些，劉彥統統回絕了，日日閉門讀書，為一個月後的院試準備。

端午將近，林悠悠就在鋪子裡賣起了粽子。

她賣的粽子小巧玲瓏，種類不少，有肉粽、豆沙粽、鹹肉蛋黃粽、花生粽……一掛一掛地掛在鋪子裡賣，生意也很是紅火。

臨近端午，林悠悠帶著陳招娣一起去菜市場，準備多買點食材先準備著。過節日，總要多做些好吃的才是。

這邊端午的習俗和以前居住的地方頗為相似，端午節吃粽子還有賽龍舟、放紙鳶，也就是風箏了，也要掛艾草菖蒲。

粽子是已經包夠了的，那就是艾草菖蒲買一些。紙鳶的話，給寶珠和黑丫兩個小姑娘做兩個，她們如今在附近也交了其他朋友，到時候讓她們兩個和朋友一起去放就是。

到了菜市場，果然到處攤子上都擺著菖蒲艾草，好多人在挑選購買。林悠悠和陳招娣也上前去，挑了一些買了。

食材的話，林悠悠看到新鮮魚蝦就買了一些，先拿回家，放在缸裡養著。

「咦？」

她看到竟然有賣西瓜的，頓時驚喜不已，忙就上前去買了兩個大西瓜。據那個小商販說這個叫番瓜，是從過路的商旅那裡買來的，也是從番外運過來的，本地並沒有，所以價格還挺貴，一個西瓜能買十個本地甜瓜了。

一般人家都覺得貴，反正和甜瓜的味道也差不了多少，有那個錢還不如買十個甜瓜，能吃半個月了。所以會買這西瓜的，都是家境不錯的。而林悠悠覺得賺了錢就是要拿來花，自然是要舒心一些了。

又買了一些零碎東西，兩人就回去了。

兩個西瓜都吊到井裡去，等到吃完午飯就切一個，她已經開始懷念那種味道了。以往每到夏天，西瓜就是她的心頭好。坐在院子裡的搖椅上，手上抱著半個西瓜，用勺子一勺一勺地挖著吃，很是愜意。

等到午後，大家看到西瓜，很是驚奇。

西瓜很大，她專門挑著大個兒的買，這樣的更甜、更好吃，一家六口人也夠吃的。所以，林悠悠讓大家好好嘗一嘗西瓜的味道。

兩個小姑娘吃得臉上都是紅紅的汁水，一雙眼睛笑咪咪的，顯然也是歡喜得很。

至於劉彥，吃了一塊就不吃了，要回屋去唸書。林悠悠看了，啃著西瓜就跟了進去。

「你不吃了嗎？」她一邊啃西瓜一邊問。

「吃了一塊，嘗過味道，夠了。」

林悠悠想起來了，劉彥不愛吃甜的，所以西瓜也不是很愛吃。這人可真是怪，不能吃辣，不愛吃甜，這人生可真是太沒意思了。

第三十七章

到了端午這日，林悠悠將鋪子關了，休息一日，讓大家好好過個節。

過了端午，天氣越發熱了起來，林悠悠就不愛出門了，拿著把扇子在家裡搖著，吃著井水裡冰過的甜瓜或是綠豆湯，愜意得很。

偶然一次，她發現黑丫在廚藝上很有天賦，現在做飯都讓黑丫和陳招娣一起。她準備再觀察觀察，也許黑丫是個好苗子，那她就將黑丫收為弟子。她這一身的廚藝，還是想要有個人繼承的。

而院試的日子也不知不覺臨近了。

院試在汝寧府舉辦，距離百麗城兩日路程，得早些出發。所以，劉彥提前五、六日出發，到了汝寧府還要找住的地方，安頓下來後熟悉一番。不提前去，只怕那日人多，找不到住處。

為此，林悠悠還去牙行那裡給劉彥買了一個小廝。

小廝原本叫二蛋，父母死得早，被叔嬸賣了，才十三歲，精瘦精瘦的，一雙眼睛卻是又大又機靈，林悠悠看著心喜就買下了。

帶回家裡，她取了名字叫喜桂，寓意喜鵲登枝，蟾宮折桂。這就是赤裸裸地表示自己對劉彥的期許。

對此，劉彥自是回以深情的眼神，直看得林悠悠面紅耳熱。

送走了劉彥，林悠悠開始教黑丫做一些簡單的菜色。黑丫果然很有天賦，又認真勤勉，林悠悠極是喜歡，越發傾囊相授了。這般，一個認真教，一個認真學，日子過得很快。

林悠悠心裡想著，劉彥什麼時候會回來呢？明明才離開十幾日，她卻感覺像是離開了很久一般。時不時地，她總是忍不住站在門口，往路口望一望，希望能夠看到那抹思念的身影。

劉彥這次去汝寧府，從出發到回來將近二十天。

劉彥背著書箱，手上也提著東西，喜桂身上則是更多東西。這是他在汝寧府親自選的，給林悠悠的禮物。吃的用的玩的，反正覺得對方會喜歡的，他都買了回來。

到了家裡的時候，林悠悠剛好帶寶珠去醫館了。

今日又是寶珠過去扎針的日子。因為不方便，林悠悠乾脆買了一輛馬車，讓余伯學了趕車，這樣不論是鋪子運貨，還是家裡人出行都方便很多。

這會兒自然是讓余伯趕了馬車去的，也讓黑丫一起去了。

所以，家裡沒人，就只有陳招娣在鋪子裡看著。

陳招娣臉上的疤痕去看了大夫、用了藥後，淡了很多，附近的人也都熟悉了，倒是沒覺得什麼了。所以，她如今也經常在鋪子裡幫忙。

於是劉彥這會兒進了家門，卻是沒一個人在家。

他東西都沒放下，背著書箱、手上提著東西地趕去了鋪子。

陳招娣正在給客人切滷肉呢，看到劉彥，嚇了一跳。「老爺回來了啊，夫人帶寶珠去醫館扎針了。」

劉彥點了點頭，表示知道了，這才轉身回了宅子。

等了約莫一盞茶的功夫，林悠悠幾人回來了。

林悠悠先下了馬車，然後扶著寶珠下來，還要去扶黑丫，黑丫卻是笑嘻嘻地擺手，自己蹦躂一下跳了下來，穩穩落在地上。余伯在後面將車趕進來。

一推開宅子的門，就看到那個昨晚還惦記著的男人，此刻正站在院子裡面，目光看向這邊。

兩人四目相對，都忍不住看著對方，周遭一切似乎不存在了一般。

寶珠和黑丫兩人對視一眼，偷偷捂嘴笑了，然後手牽著手悄悄跑開。

直到余伯將馬車趕了進來，聽到車輪聲，兩人才回過神來，有些不自在，忙避開目光。

「我去準備晚飯。」林悠悠說了這一句話，趕緊往廚房而去。總覺得劉彥的目光有點燙人。

劉彥呢，卻是趕緊跟上。「我幫妳。」

還是喜桂阻止了一下。「老爺，您身上的東西還沒放下呢。」

劉彥這才反應過來，自己背著這麼重的書箱，手上提著這東西，竟然一直感覺不到重量。

因為人多了，家裡實在住不下，林悠悠就在旁邊租了一處宅子。這邊呢，她依舊和劉彥住一間，一間依舊是劉彥的書房，一間是寶珠和黑丫住。剩下的人則是去了新租的宅子裡面住。這樣倒是安排開來了，不然林悠悠估計得給他們搞個大通鋪，但那樣住著實在不方便，也不舒服。

劉彥買的東西基本都是給林悠悠的，但有小部分是給家裡其他人的。他先整理好，等到了晚飯後，就可以給大家分一分了。

這邊略微將東西歸整一番，惦記著剛才說的要給林悠悠幫忙做晚飯的事情，他就趕緊往廚房去了。

但是到了廚房，發現不只是林悠悠，陳招娣和黑丫也在。劉彥止住了步子，略有些不滿地看了看陳招娣和黑丫才轉身離開。

這頓飯是林悠悠用心做的，想著劉彥去參加院試，路途遙遠，將近一半時間都耗在路上，舟車勞頓實在辛苦。剛才看了一下，人都瘦了一圈，原先合身的衣服都有些寬了。所以，這頓晚飯做得格外豐盛。酸菜魚、紅燒排骨、醉雞、紅菇老鴨湯、蒜蓉小白菜、紅燜大蝦、東坡肉、清炒豆腐、肉末茄子煲及炒三鮮，足足十個菜，個個用料十足。

菜還沒上桌，大家被饞得口水差點流下來。

就看對方一眼。在這桌美味佳餚之下還能分出其他心思的，怕是只有林悠悠和劉彥了。兩人總是一會兒

吃過晚飯，劉彥就讓喜桂將給眾人的禮物拿出來。那都是詢問了當地人，買的有名點心和布疋，每個人都有禮物，自然是歡喜異常。

林悠悠看著自己和眾人一樣的禮物也沒什麼不滿，這糕點還滿新奇的，是用大米和各種水果粒一起蒸出來，味道很是獨特，果香和米香完美融合在一起，相輔相成。

雖然晚飯吃飽了，但這會兒她吃到新的糕點也覺得新奇，連吃了兩塊，感覺肚子裡漲漲的才停了口。

而劉彥送的布是棉布，沒什麼特別，特別的是上面的花紋很漂亮，看來是大地方更先進一些的染布技術。

她拿到的是一疋上面印著百靈鳥的布，很是喜歡，想著可以拿來做條裙子。

禮物分完，時間也不早了，大家紛紛回了房間。

林悠悠去梳洗了。晚上做飯，身上都是味道，不洗一下，她晚上要睡不著了。

回了房間，沒看到劉彥，她就坐到窗邊，拿了塊棉布一邊擦頭髮，一邊看著外面的月亮，有些出神。

忽然，手上的棉布被人拿走了，不用轉頭去看，只那熟悉的味道，就知道是誰。

林悠悠眼裡頓時有了笑意，收回了手，讓劉彥慢慢幫她擦頭髮。

兩個人也沒有說話，就這般一個坐著、一個站著。兩人的影子落在地上，林悠悠低頭去看，就像是劉彥從後面擁抱著她一般。

看著這影子，她的臉微微紅了紅。

等到頭髮乾了，劉彥就帶著林悠悠去了書房，給她看擺滿書桌的禮物。

「我覺得妳應該會喜歡，所以都買了回來。」

林悠悠不禁咋舌。這未免也太多了吧！

不過，她猛然想到什麼，問道：「你銀子夠嗎？」

當時她要多給劉彥銀子，劉彥不肯，直說家裡帶的那些銀子就夠了。沒辦法，林悠悠就拿了些銀子悄悄給了喜桂，讓他有需要的時候用。

可是，剛剛喜桂將銀子偷偷還給她了，說是根本沒用上。所以，劉彥哪裡來的銀子？

他就道：「我的畫技尚可，畫了幾幅畫換來的銀子。」

聽到這話，林悠悠就不問了，反而說有機會讓劉彥也送給她一幅。

劉彥則是微微垂著眼眸，心裡想著，他原先的畫技不算出色，老師總是說匠氣太濃，毫無靈氣。但自從和林悠悠在一起後，他感覺自己像是慢慢開竅了一般，開始發現周遭的美好。再看周圍的山水，似乎都帶著歡喜，所以畫出來的東西也帶了感情，有了靈氣。

因此這次去汝寧府，賣了三幅畫，倒是得了一些銀子。不過買了禮物，也基本沒剩下什麼了。

林悠悠拆開禮物再歸整一番，而劉彥就在一邊幫忙。等全部收拾好已經半個多時辰過去了，外面的夜色已深，月上中天。

兩人回了房間睡覺。睡得迷迷糊糊的時候，她感覺有人伸手過來，輕輕拍著自己的背，耳邊是熟悉的聲音喊著「悠悠」，鼻尖則是熟悉的呼吸。林悠悠就沒有醒過來，調整了一下呼吸，又睡了過去。

劉彥此刻離她很近很近，近得彼此呼吸交纏。他摟著她的腰肢，將她抱了個滿懷。這時候，他覺得自己像是擁有了天下一般。

真好啊，心裡被填得滿滿的，這是他的妻子呢，他們會白頭偕老，恩愛一生的。

次日，吃過早飯，劉彥就說起了自己的打算。「等這邊院試的結果出來，我打算回家一趟。如無意外的話，八月還要去汝寧府參加鄉試。」

林悠悠算了下，這才過完端午二十幾天，六月初，等考試結果出來，再準備一番，大概六月中旬回去。然後八月還要去汝寧府參加考試，汝寧府離這裡可不近呢，坐船加上坐馬車得五、六日時間。那麼去考試的話，七月底就要去了。

這般細細算下來，中間也就兩個月的時間了，可真是緊張，他還要唸書，準備鄉試。

劉彥說完，認真地看向林悠悠。

林悠悠讀懂了他的意思，對方想要自己一起回去。

這次回去，劉彥也算是衣錦還鄉了，在梨花村是獨一份了。到時候，家裡應該是要擺酒慶祝一番。而自己身為妻子若是不回去，確實有些不妥，容易引來閒話。

林悠悠點了點頭。她也想要回去看看林大谷和舅家的恩怨怎麼樣了。那些人得到了報應，她也算是還了原身的這一場造化。

既然準備要回去，那自然得提早計劃。

寶珠每半個月需要在這裡扎針，不方便回去，是要留下來的。這裡的滷肉鋪子也賺錢，不能缺人。否則這次回去加上路上的時間，少則半月，多則一月，得做好安排。

陳招娣的廚藝不錯，經過這些日子的指導和練習，做出來的味道和她差不多了，就要留下來。她一個人未必忙得過來，黑丫也要留下來打下手。

就是余伯和喜桂也得留下一個。總得留個男人在家裡，比較穩妥一些。

想了想，還是余伯留下來。余伯年紀大了，經歷的事情多，若是有個什麼事情，和陳招娣兩人也能商量。喜桂雖然十三歲了，但面上還一團稚氣呢！

這幾日，不如讓喜桂跟著余伯學習趕車，到時候再去買一輛馬車。

如此過了三日，又是一陣熟悉的鑼鼓聲從遠處傳來。

大家頓時精神一振，喜桂最是機靈，忙就一溜煙地跑出去打探消息了。沒一會兒，就見他又快跑了回來，喘氣得很。

「大喜、大……喜……」

陳招娣忙去廚房端了一杯水給喜桂，喜桂這才緩了過來，終於能順暢說話了。

「大喜，大喜啊！老爺院試得中案首！」

這話一出，大家都高興壞了。這就是秀才公了，而且又是案首，連中三元，這就是小三元了！

林悠悠也高興，開始吩咐起來，讓陳招娣和黑丫準備茶水糕點。她也快步去了房間，準備給待會兒過來報喜的衙役的封賞。

這邊緊趕慢趕地才準備好，那邊衙役就已經到了宅子門前，幾人忙迎了出去。

「這裡可是劉彥劉老爺家？」

「正是，在下劉彥。」

這次來的衙役有從汝寧府過來的，也有百麗城的衙役，有七、八個，陣仗很大，鑼鼓喧天，後面跟著過來看熱鬧的還一長串，將這裡圍了起來。

雲來酒樓的老闆娘錢氏也悄悄跟過來看熱鬧，暗暗躲在人群後頭。

如今兩家有過節，若是劉彥將來成為官身，他們孫家怕是就要寢食難安了。

現在想想也有些後悔，早知如此，就找人去鄉下買個漂亮的小丫頭了，這樣也不會鬧出這麼多事情來。如今倒是兩頭不落後，這邊得罪了一個有前途的讀書人，那邊姚先生也沒討好到，至今還在因為沒將寶珠那小丫頭片子送過去而惱著呢！

錢氏這邊心裡憤恨不平，那邊衙役已經報喜了。

聲。

「恭喜劉彥老爺，中了這次院試第一名！」

劉彥矜持地笑了笑，和林悠悠一起將報喜的衙役請了進去。

余伯則是拿了一籃子的糖果分發給圍觀的人，讓大家跟著沾沾喜氣，頓時又是一片賀喜

得知了此次院試的名次，大家總算安了心，劉彥以後就是秀才老爺了。

這般，自然是要回老家報喜了。

要買回去的東西，林悠悠前幾日就開始準備，此番也準備得差不多了。只是，如今卻還有一件事情令她不放心。

那就是寶珠。林悠悠格外對陳招娣和余老漢交代了一番，若有什麼事情，第一時間就去報官。也細細囑咐寶珠，讓寶珠注意安全，不要一個人出門；天黑了，也不要出門。她見對方乖巧點頭，方放心一些。

這般定了日子，林悠悠和劉彥帶著喜桂就出發了。

喜桂跟著余伯學了趕車，如今也已經上手，很是興奮地坐在前頭駕車。

劉彥卻是皺了皺眉，跟著坐到了前面。他得觀察一下喜桂的技術，悠悠本來就會暈車，若是喜桂的技術還不好，那他得趕緊在下一個城市換個車夫。

劉彥跟著坐了半個時辰，覺得沒什麼問題了，這才回了車廂。

車廂裡，林悠悠靠在後座，手上捧著一杯自己做的酸梅汁，酸酸甜甜的，不舒服的時候

喝一口，雖然還是有些暈得難受，但是能忍受。

即便如此，劉彥看著還是覺得心疼。他伸手讓林悠悠靠著自己肩膀，兩人都覺得好受了一些。

劉彥身上有股好聞的清竹香，林悠悠聞著聞著，覺得格外安心。

劉彥想了想，道：「我給妳說說此次去汝寧府參加院試一路的見聞吧！」

「嗯。」林悠悠在他懷裡點了點頭。

劉彥這次講的是一路上的見聞，比如汝寧府盛產松柏，一路過去都是松柏，又高又直，枝葉青翠碧綠。路過一處，那裡有很多野花，紅的白的綠的紫的，蝴蝶雀鳥飛舞嬉戲。

林悠悠聽著聽著，也跟著劉彥的描述想像了一下那些情景。

劉彥低頭看她露出了一副思索表情，眉間的褶皺少了一些，頓時說得更仔細清楚了。她似乎更喜歡聽風土人情，遂往這方面說。

連續說了半個時辰，他覺得有些口乾舌燥了，想喝口水。可低頭看了一眼懷中的人，卻見她竟然已經睡著了，長長的睫毛乖巧地垂著，沒了狡黠靈動，卻多了幾分恬靜美好。

這樣的歲月靜好，劉彥只覺得一顆心前所未有的安定。

只覺得這一路也挺好的，有這個人在懷中，還有什麼不好的。

第三十八章

這一路倒像是來遊玩的一般，輕鬆閒適一些，本來花三、四日能到梨花村，這次卻花了七日。

馬車直接一路進了梨花村。

梨花村不是什麼富裕村子，最富有的家裡也就只有一輛牛車，突然來了一輛馬車，看布置也是挺素雅好看的，村民頓時議論紛紛起來。

「那馬車的簾子是棉布吧？看著都光滑好看，那青色也明亮。」

「是啊，看著就是好料子，竟然就拿來做車簾子，可真是糟蹋好東西了！」

「不知道是什麼人呀，是不是來拜訪劉家的？」

「應該是，別人家也沒這樣的親戚了。」

「真是沒想到，那劉家真的就供出了一個秀才來，而且據說還和一般的秀才不一樣，說是三次考試都拿第一，未來了不得的。」

外面議論紛紛，等到馬車在劉家門口停下的時候，那些看熱鬧的村民對視一眼，面上都露出一種果然如此的神色。

眾人站在劉家不遠處的大樹下，就看到趕車的小子先跳了下來，站在一邊，伸手將馬車簾子掀開，從裡面走出一個青衫少年郎。

「那是劉家老四啊！」

「哎呀，真是，秀才公回來了！」

「劉老漢帶著幾個兒子還在田地那邊忙著呢，我去喊他們回來！」立刻有人撒腿就跑，趕著去通知劉老漢他們了。

而這邊，劉彥下車，轉身又從馬車上將林悠悠扶了下來。

看到林悠悠，村民頓時又小聲議論開了。

「以前還說這林家閨女倒楣，好好的舉人兒媳婦沒了，卻嫁給一個莊戶人家。」

「這下還有誰說人家倒楣的，人家不做舉人的兒媳婦，那是因為要做舉人的媳婦，甚至是官夫人呢！」

此時，劉彥和林悠悠帶著喜桂站在了劉家門前。

這時候，裡面聽到動靜的鄭氏和三個兒媳婦、幾個孫輩也跟著出來了，一看是劉彥回來了，面上頓時露出了歡喜和激動。

尤其是鄭氏，眼睛一下子紅了，快走幾步，抓著劉彥的手，眼睛仔細看著，嘴裡嘟囔著。「瘦了，瘦了，都瘦了……」

都說兒行千里母擔憂，劉彥這次去考試，可是去了將近四個月，可不是讓鄭氏好一番擔憂。

這次是劉彥離家最久的時候，鄭氏每晚睡覺前都要在心裡想念一番，求各路神佛保佑兒子一切順順利利。如今可是好了，人總算回來了。

苗氏看見鄭氏抓著劉彥的手，就在一邊笑道：「娘，我們進去說吧。這一路趕回來，四弟和四弟妹也該渴了累了吧？」

一聽見這話，鄭氏連連點頭，忙伸手擦了擦眼角，拉著劉彥進門，大家也就跟著進去了。

這時，大家也發現了喜桂和馬車，以為劉彥和林悠悠是雇了馬車回來，喜桂就是趕車的師傅。心裡還有些奇怪，趕車的人一般年紀都比較大，這喜桂看著真小，就跟家裡的大孫子一樣。

不過，鄭氏還是招呼道：「這位趕車的師傅，先進來喝杯茶水再走吧！」

喜桂聽了，頓時一愣，然後笑咪咪回道：「老夫人，我不是什麼趕車的師傅，我是老爺的小廝呢，趕車是我應該做的活兒。」

啊！在場的人面上都是一副震驚。老天爺啊，這還是在梨花村裡第一次見到家裡有下人啊！這劉家果然是不一樣，要發達了，這都用上下人了！

鄭氏也是怔了一下，但也不好在門外問得太仔細，進去再說也來得及。遂笑著點點頭。「這樣啊，那進來吧，馬車也趕到院子來。」

喜桂就將馬車趕進院子裡去，苗氏就將門關上了，阻隔了外面看熱鬧的視線。

大家進了堂屋，三個嫂子就忙著倒茶拿點心果子了。

喜桂將馬車停好，也被讓在旁邊末尾的位子上坐下。

鄭氏問劉彥和林悠悠。「老四、悠悠餓不餓，娘給你們煮點麵？」

「不餓的，我們中午在縣城吃過了。」林悠悠笑著回道。

知道吃過了，鄭氏就放心了，那就等晚上多做些菜，豐盛一些，給老四夫妻接風洗塵，也當作是慶祝一番。老頭子今日出門前還唸叨著呢，說是老四夫妻還不回來。

才想起老頭子，眾人還沒說一會兒話，男人們都回來了。劉老漢人還沒進來，已經在外面先叫起來了。

「是老四回來了！」

劉老漢帶著三個兒子從地裡回來，身上是幹活的粗布麻衣，褲子也挽起了一些，上面都是泥巴點。

「老頭子，你們先去洗洗再過來說話，身上都是泥。」

「就妳事多。」劉老漢咕噥了聲，還是老實去了後院。

洗完回來，一大家子將堂屋坐得滿滿當當的，開始問起劉彥這三、四個月的事情。知道林悠悠在百麗城又開了一家鋪子，生意還好得很，又買了四個下人，劉家人驚得張大了嘴，很是不可思議。這老四媳婦可是了不得，真是會賺錢！

不過大家也就是震驚一下，倒是能接受了。因為劉家如今境況不錯，靠著和如意酒樓合作韭菜盒子，以及在白水縣碼頭賣燒餅、花卷、饅頭的，很是穩定，每日都有銀錢收入。

近來家中也沒有什麼大的支出，所以倒是攢下了不少的銀錢來。前幾日，劉家眾人就在商量著要去鎮上買個宅子或是鋪子呢，可見劉家和林悠悠去年來時已經是大不一樣了。

眾人在堂屋裡說著話，不知不覺天就黑了。

該準備晚飯了，林悠悠本來也想幫忙的，鄭氏卻是讓她坐著。

「悠悠，妳就坐著吧，妳又不會坐車，這一路回來肯定累壞了。家裡還有老婆子我呢，我帶著妳三個嫂嫂忙得過來的，而且還有二丫三丫四丫，那三個丫頭以前得妳指點過一段時間，做菜的手藝也很是不錯的。」

聽了這話，林悠悠就老實地坐著等吃了。

幾個人一起忙活，一頓晚飯很快就做好了。

因為天氣熱了，在堂屋吃飯熱得很，劉老漢就作主在院子裡擺上兩桌，還讓人拿出了珍藏的酒。今日他高興，肯定是要喝幾杯的。鄭氏也就由著他了，老頭子難得有這樣高興的時候。

男人們一桌，女人小孩子們一桌，今天跟過年一樣，有雞鴨魚肉，桌子上滿滿當當都是好菜。

桌上，男人們自然是喝酒吃菜，開心地大聲聊天了。女人和孩子們則是一邊吃菜，一邊說話。這頓飯一直吃了將近一個時辰，吃到天黑才散。

吃完飯，鄭氏讓林悠悠和劉彥只管去休息，這邊她會收拾。林悠悠也確實累了，洗漱一番，早早就去睡了。

第二日醒來，天光大亮，早飯已經準備好了，是白粥配著可口的小菜。林悠悠連吃了兩碗，覺得很是舒服。

鄭氏看她吃得高興，連連招呼她多吃一些，臉上笑咪咪的，滿是慈愛。

吃過早飯，沒一會兒，族裡就來人了。

族長帶著幾個族老過來，是來商量開祠堂的事情，將劉彥中了秀才的事情告訴祖先。這可是大喜事，劉家百年來都沒有出過秀才，這樣的好事，肯定要告訴祖先一聲的。

劉老漢高興著呢，自然是沒有不應的。日子的話，族裡也已經看好了，就在三天後。開祠堂祭祖要準備的東西，族裡會準備好，不用劉彥操心。到了那日，人到了就好。

不用操心這些瑣事，幾人轉而問起了劉老漢請客的事。

這件事情昨日就問過劉彥了，劉彥說了不想辦，因為再過幾個月就要參加鄉試。若是到時候僥倖得中，那時候再辦。如今只是個秀才，還是不要太張揚了。

對此，劉老漢和鄭氏都是依著劉彥的。幾位族老聽了也不勉強，又說了一會兒話，這才離去。

接下來兩、三日，劉彥都頗為忙碌，要去上墳掃墓，將這個好消息告訴已過世的長輩，還要應付過來拜訪的各種親戚以及賀喜的同窗。並且也要抽出時間去鎮上感謝恩師，送上謝禮。

而且得去縣裡一趟，拜會縣令大人。新晉秀才都要去拜訪縣令，也要去縣衙辦理相關事情，以後每個月可以去縣衙領取銀子和米糧油等物品。家裡的田地也要過去登記，以後就不用繳稅了。

到了縣衙，劉彥說起了大丫的事情，縣令卻依舊推託，說等劉彥參加完鄉試再議。對此，劉彥只能咬牙忍了。

等他站得足夠高，就沒人能夠罔顧他們劉家的冤屈。

這些事情辦完，也到了族裡開祠堂的日子了。

對於古代的祠堂，林悠悠還是有點感興趣的，可惜她沒資格去。祠堂這樣的重地，只有男人可以去，而且還得是成年的男子，小孩也不能去。

開祠堂結束，事情總算是告一段落了，林悠悠和劉彥商量好了，再待個五、六日就離開。

這日，林悠悠打算去鎮上看望一下父親林大谷。劉彥自然要陪著一起去，兩人準備了一些禮物便出發。

喜桂趕車直接趕到林家門口，卻看到家裡的雜貨鋪緊閉，林家宅子卻掛滿了白幡，這是家裡有人過世了。

不知道是誰，林大谷還是張氏？

劉彥看到白幡的時候，忙伸手攬住林悠悠的肩膀。「悠悠，無論發生什麼事情，我都在妳身邊。」

林悠悠點了點頭，面上是平靜的，心裡更平靜。

劉彥以為她是在強裝鎮定，但此刻除了陪在她身邊，似乎也沒有其他辦法。

「我們進去吧。」林悠悠話語落下，率先推開門走了進去。

劉彥連忙跟上。進了宅子，就看到裡面也是一片素白，嗚嗚咽咽的哭聲傳出來，忙快走幾步進了正堂，只見正堂裡擺放著一個棺木。

林大谷和林柔柔則是一身素白地跪在地上。林大谷面上哀傷，正在燒紙錢，林柔柔正嗚嗚咽咽地哭，哭得非常淒慘。

旁邊還有一些林家和張家的親戚幫忙，偶爾有弔唁的過來。

張氏過世了。

林悠悠眨了眨眼睛。上次見張氏的時候，張氏精神還很好，看不出任何不妥。這次回來，竟然已經不在了。這事情，怎麼看總覺得有點蹊蹺。

「悠悠。」

這時，有人發現了林悠悠。林大谷和林柔柔都轉過頭來。

林大谷招呼女兒過去。林柔柔快速看了她一眼，眼裡都是恨意和不甘。

林悠悠走到林大谷身邊，林大谷簡單說了一下。「妳娘半個月前在院子裡打掃，不小心從臺階上摔下來，在床上休養了半個月，都要好了，結果兩日前傷口突然惡化，人就走了。不知道妳回來了，所以沒有通知妳。既然來了，先去換身衣裳吧。」

林悠悠今日穿了一件嫩黃色衣裳，自然不合適。聽了林大谷的話，她點了點頭，就去原身房間找了一件白色衣裳換上，再將麻衣披在外面，頭上戴了白巾，跟著到了靈堂。

劉彥也換了衣裳過來，兩人跪在靈前。

張氏過世了，林悠悠和劉彥肯定要在這裡待幾日，遂讓人傳了信回村子裡，讓家裡人不用擔心。

林悠悠跪在林柔柔旁邊，看著林柔柔幾次哭昏過去，當真是情真意切，在場的人誰不說她孝順。連林悠悠都忍不住側目，轉頭去看，卻恰巧看到林柔柔的袖子滑下一截，露出了青青紫紫的手腕。

林悠悠心頭一動。林柔柔的傷是誰造成的，是林大谷嗎？

但往常，林大谷很是疼愛這個繼女，有時候超過自己這個親生女兒，如今會捨得虐待她嗎？

還有，張氏的死也很可疑。好端端的，在自己家的院子裡摔死？

至於謝虎和游氏那邊如何了？按理說，依照那兩口子的性子，有利可圖，不可能輕易放過林大谷的。還是說林大谷將那兩口子安撫住了？但那兩口子既然得了利，更不可能輕易罷手，必然會死死咬住林大谷才是。

林悠悠這邊還沒想出個所以然來，傍晚時候，陳德中竟然來了，而且是被人用輪椅推來的。更奇怪的是，林柔柔一看到陳德中，當即嚇得身子發顫，面白如紙，一副要暈過去的樣子。

這，就很有意思了。

第三十九章

林悠悠認真看去，林柔柔眼中全是驚懼，不是作假。這個陳德中對林柔柔做了什麼，竟然讓林柔柔變成這個樣子？她是多麼渴望嫁給陳德中，每每回來，都一副幸福美滿的樣子。

那邊，林大谷看到陳德中過來，就去寒暄了。

「德中來了。」

「我也是今日才得了信兒，知道岳母過世了，忙就趕了過來。柔柔她……竟然沒和我說……」陳德中面上有些癲狂的神色收了收，語氣略帶哀傷地和林大谷說話。

林大谷回道：「柔柔也是太傷心了，她和她娘親的感情素來很好，這突然走了，她接受不了也正常。」說著說著，眼眶也跟著紅了，顯然是想到死去的妻子。

「岳父大人節哀順變，不然岳母大人泉下有知，也不能安心走的。」

林大谷點了點頭。「你先安頓一下吧，既然來了，就在這裡住兩天。你和柔柔的房間你也找得到的，我就不帶你過去了，這邊事情比較多。」

「嗯，我自己可以的，岳父大人您忙去吧。」

待林大谷走後，陳德中卻沒有立刻去房間安頓，反而來到林柔柔身邊。

「娘子。」

陳德中湊到林柔柔耳邊輕喊一聲，還輕笑著對林柔柔的脖子吹了口氣，立刻將林柔柔嚇得渾身顫抖，眼淚汪汪，卻是不敢動。

陳德中呵呵笑了一聲，惹得前來弔唁的賓客看了好幾眼，這才收斂了幾分，轉身走了。

林悠悠只覺得不過離開了幾個月，怎麼回來，好像發生了很多事情一般？

劉彥這個時候走了過來。「累了吧，我先扶妳回去休息一會兒，吃點東西吧。」他的聲音很小，幾乎是湊到耳邊說的，溫熱的呼吸撲面而來。

林悠悠看了看四周，點了點頭。她跟張氏沒什麼感情，在這裡守靈也是為了面子情，免得被人說不孝。不過裝裝樣子也就差不多了，誰不知道她和這個繼母不和。

劉彥扶著林悠悠起來，兩個人離開前堂，去了後院。

林家自從兩個女兒出嫁之後，家裡就剩下林大谷和張氏，平日裡，家裡家外的都是張氏張羅，陡然間張氏死了，家裡連個做飯的都沒有。所以，林大谷花錢請了個婆子回來幫忙，不然停靈這幾日怕是連飯都吃不上。

林大谷請的婆子姓陳，大家都叫陳婆子。陳婆子生得較矮，看著也挺瘦的，但很是能幹。

兩人到了廚房，有飯有粥，菜也有五、六樣。林悠悠今日沒什麼胃口，就要了點白粥以及一、兩個清淡的小菜，和劉彥端去屋裡吃。

一邊吃，林悠悠一邊將自己的疑惑說了。「……我覺得這次回來，家裡人都很奇怪。那張氏，上次來看到時身子很好的，而且這個家她住了十幾年了，閉著眼睛都會走的，怎麼突然就摔倒了？我總覺得裡面可能有什麼蹊蹺。」

劉彥也跟著喝粥，一邊喝一邊聽她說話。他知道林悠悠此刻是不太好離開林宅的，他是女婿，又是新晉秀才，倒是還好，遂點了點頭，道：「待會兒我出去打探一下看看。」

「嗯。」

也只能這樣了，等這邊結束了，她要去看下謝虎和游氏兩人。那兩個人到底怎麼回事，有沒有將事情辦成？

吃完東西，劉彥就和林大谷說有事情要出去一趟，林大谷果然沒有多問就同意了。

劉彥花了銀子，找人打聽消息。直到夜色漸濃的時候，他回來了，面上神色有些沈。

此時林悠悠已經洗漱好了，正坐在窗邊，也是在等著劉彥。

按理說，林悠悠是張氏名義上的女兒，晚上也應該跟著守靈的，但她以身體不適為由回來休息。對此，林大谷也沒意見，反而和顏悅色地讓林悠悠好好休息。

劉彥推開房門，林悠悠就起身迎了過來。「吃了嗎？」

劉彥進了房間，轉身將房門關上，點了點頭。「吃了。」

那就好。林悠悠轉身給劉彥倒了杯水。劉彥確實有些渴了，仰頭喝了，兩個人就在桌邊坐下。

「如何了，可是有查到什麼？」林悠悠忙問道。

劉彥面上有幾分躊躇之色，似有些難以開口的樣子。

一看到他這樣，林悠悠就知道有事，追問道：「怎麼了？有什麼事情就說，我沒事的。」

劉彥這才將打聽到的事情說出來。

原來謝虎和游氏夫妻兩個已經死了。一個月前，兩人來拜訪林大谷後，在回去的路上意外遇到山匪，夫妻雙雙殞命。

據說從四個月前起，謝虎和游氏夫妻就經常來林家拜訪。每次林大谷都是好飯好菜地招待著，而謝虎和游氏在離開前，都會去林家的雜貨鋪裡拿一些東西走。

都說是因為劉彥中了縣試，前途不可限量，所以林家和謝家兩家又走動了起來，關係也很是不錯。

謝虎和游氏夫妻十天半個月總會來林家一次，每次來都是滿載而歸，面上帶笑，林大谷也都是笑臉相迎，非常親熱的樣子。

在謝虎和游氏死後，林大谷也前去弔唁，據說當時就難過得不行，在葬禮上紅了眼眶落了淚。

再然後，倒是風平浪靜了一番。

而林家這邊，半個月前是張氏的生日，林柔柔和陳德中特地過來給張氏過生日，在這裡小住了兩日。

陳德中和林柔柔準備回去的那日，張氏卻是意外摔傷了。這般，林柔柔就留下來侍疾了。陳德中則是先回縣城，說好等張氏身子好些了，就來接林柔柔回家。

張氏也一直說等身子好了，要跟林柔柔去張家住幾日，去縣城好好逛一逛。誰知道沒半個月，張氏就因為傷口惡化而去了。她去得突然，當時林大谷和林柔柔的哭聲差不多整條街都聽到了。

真是沒想到，竟然發生了這麼多事情，林悠悠也是唏噓。不過，這中間疑點很多，怕是另有蹊蹺。

「那陳德中呢，怎麼坐輪椅了？」

說到陳德中的時候，劉彥的目光有些微妙。林悠悠總覺得劉彥看自己的眼神格外深了一分。但劉彥很快移開，她以為是自己多想了。

「陳德中幾個月前傷了男人的要害之處，去了縣城，甚至是府城，也一直沒治好。而且手也傷了，不能參加考試，整日酗酒發脾氣，據說經常拿林柔柔出氣。而後，陳德中還流連煙花之地，一次和別人起衝突動了手，腿被人給打斷，沒及時救治就瘸了。」

這陳德中是滿慘的，手不能用，腳瘸了，男人那重要地方也廢掉了。難怪她看陳德中有幾分癲狂的樣子，怕是心裡有些變態了。

「腿瘸了之後，陳德中就不出門了，整日守著林柔柔。」

這可不是夫妻情深，怕是在家裡虐待林柔柔了。難怪林柔柔看見陳德中會是那副樣子，嚇得跟兔子一般，顫抖得不行。

「好了，事情差不多就是這樣了。」

林悠悠點了點頭，讓劉彥去洗漱，早點休息。

很快就到了出殯這日。

林悠悠算是鬆了一口氣。今日出殯完，明日一早就可以離開了，她可不想再繼續待在這裡，每日都是燒紙錢，不然就是守靈。雖然晚上都能以身體受不住為由回去休息，但她還是覺得不舒服啊。

不過，這期間，林柔柔的表現倒是令她意外。林柔柔真的像是個大孝女一般，日日夜夜都守在靈前，不怎麼吃喝，才幾日功夫，人就瘦了一大圈，看著下巴尖尖，兩隻眼睛很大，非常憔悴。

來弔唁的人看到林柔柔顯而易見的變化，沒有一個不誇讚的。

而陳德中呢，則是整日待在房中，倒是時常讓小廝過來喊林柔柔。但林柔柔都沒理會，始終守著靈堂。那樣子，不知道是為了躲避陳德中，還是真的太孝順了。

出殯的時候，林柔柔哭了一路，最後不知道是傷心過度，還是身子熬不住，暈過去了。

如今家裡也沒有其他人能夠照顧林柔柔了，遂由陳德中照顧。

那個晚上，林柔柔的房間不時傳來哭聲。

因為想到張氏今日出殯，林柔柔傷心在所難免，所以聽到這哭聲，大家倒是沒有多想。林悠悠和劉彥早早就睡了，兩個人打算明日一早就回去。

誰知道，半夜時分卻傳來一聲尖叫。這聲音是個男人的，仔細分辨了一下，是陳德中。這樣大的動靜，大家自然是醒了。林悠悠和劉彥也起身，披上衣裳，略整理了一番儀容，就往陳德中的房間去了。

到的時候，林大谷和陳婆子已經在門口，但是房間的門是關著的，裡面不斷傳來陳德中的驚叫。

這實在有些詭異，房裡不就是陳德中和林柔柔嗎？一直都是陳德中虐待林柔柔，前面傳來的是林柔柔壓抑的哭聲，但這會兒，卻是陳德中驚懼痛苦的聲音。

那聲音實在太大，果然周圍的鄰居已經三三兩兩地圍過來了。

怕裡面出了什麼事情，林大谷忙一腳將門給強力踢開了。

眼前的情景，簡直是慘絕人寰，讓人不敢直視。

只見林柔柔滿身是血，手上拿著一把剪刀，臉上滿是淚水，嘴角卻含著笑意，實在是詭異得很。陳德中則是跌在地上，身上一個一個的窟窿正往外冒著血，疼得使勁嚷嚷。

大家也被這個場面給嚇到了。林大谷忙上前要搶奪林柔柔手裡的剪刀。「柔柔，乖，剪刀給我。」

林柔柔卻是搖頭，眼淚撲簌簌落下。她後退一步，道：「沒用的、沒用的……我完了，

我完了，我完全沒有未來了……」

林大谷勸說道：「爹爹知道，是不是德中待妳不好？德中還年輕，難免會犯錯，妳就原諒他一次，他會改好，會對妳好的。妳是陳舉人的兒媳婦，家裡有伺候的婆子下人，有享受不盡的福氣呢，哪裡就走到這一步了？乖，聽爹的話，沒事的，一切都會好起來的。」

但林柔柔並沒有被安慰，而是繼續哭道：「沒用的，娘死了，娘死了啊，爹……」

聽到這話，周圍的鄰居也跟著落了淚，知道林柔柔怕是在婆家過得不如意，又經歷娘親過世，也是可憐。

就有那好心的大娘勸說道：「柔柔啊，沒事的，妳娘只是去另一個地方了，她在那裡很好的。妳也要好好的，她在那裡才能安心啊！」

林柔柔卻是依舊緊緊握著剪刀，看著眾人，最後卻笑了。「我娘是我害死的啊……」

大家悚然一驚。

「陳德中自男人那處地方傷了之後，整日尋醫問藥的，稍微好了一些，夜裡就使勁作踐我。結果，因為沒好完全，直接給廢掉了。廢了之後，他整個人就更加暴躁。他原先因為手受傷不能考試，就已經很頹廢了，這下更是整日裡和狐朋狗友在外面花天酒地，流連花樓。結果為了一個花娘和人起了爭執，被打斷腿，而且對方身世更厲害，有親戚是在京城當官的，陳德中只能自己吞下這個苦果。

「於是他更加往死裡折騰我，好幾次，我都覺得自己要被打死的時候，第二天又醒了，然後又是新的噩夢。」

陳德中這會兒連罵人的力氣都沒了，使勁往角落裡面縮。

「然後，我娘就讓人傳信說她生日，讓我和陳德中回去。我戰戰兢兢地去請示陳德中，陳德中那日可能心情好，也可能是無聊，就同意了。我們回了家，在這裡，陳德中雖然晚上也還是會對我不好，但到底收斂了一些。我覺得終於可以喘口氣了，就跟我娘說，我想在家裡多待幾日，讓娘和陳德中說。

「我娘卻說她想跟我去縣城，不想待在這裡了。我當時就害怕了，這怎麼行呢？去了陳家，我就是砧板上的魚肉，任陳德中宰割了。我不能回去的，但是怎麼能不回去呢……在院子裡的時候，我看到娘站在臺階灑水，準備掃地。我鬼迷心竅地上前，狠狠一推，然後我娘就受傷了，需要在床上休養。」

周圍聽著的人，只覺得從心底冒出寒意。太可怕了。

但林柔柔還在說著。「這下好了，我終於可以留下來了。陳德中覺得這裡很無趣，就回去了，可我覺得自己終於可以像個人一樣地活著了，覺得很開心啊……但是我娘卻還不停說著，等她傷好了，要跟我一起去縣城。這怎麼行呢，我都想我娘能夠一輩子不要好起來了。我也想過了，我寧願在娘家，一輩子伺候我娘——」

「柔柔，不要說了，妳也不是故意的……」林大谷沈痛出聲，似乎不敢相信。

這時候，林柔柔卻詭異地看了林大谷一眼，突然笑道：「爹，我都看到了，看到你在娘的藥裡偷偷加東西。」

這話簡直石破天驚，大家只覺得身上的雞皮疙瘩都起來了。

林大谷這時候面上出現了一絲慌亂，看了看大家。這模樣，分明是心虛了。

他幾步上前，想要捂住林柔柔的嘴巴，但林柔柔卻把剪刀往前面一劃，林大谷的手心頓時鮮血淋漓，不敢妄動了，只能眼睜睜看著她繼續說。

「我當時並沒想太多，但悄悄留了一些藥渣下來，準備到時候給大夫看看。我以為爹爹也不喜歡娘去縣城，所以跟我一樣，想讓娘的身子好得慢一些。但是沒想到，當天娘的身子就惡化了，第二日就去了。我這才怕了，偷偷去找人檢查。爹你好狠啊，放的竟然是砒霜啊！」

大家忙紛紛往旁邊退幾步。

林大谷眼珠轉動，憤怒道：「我不知道妳在說什麼，我去給妳娘上香！」然後人就走了。

林柔柔卻是看向了林悠悠。

「妳不想知道妳娘、妳舅舅、妳舅母是怎麼死的嗎？就是林大谷害的，妳要讓他就這樣跑掉嗎？」

林悠悠頓時看向林大谷，林大谷忙拔腿就跑。

「喜桂！」

因為明日便要離開，前幾日就給村裡傳信，讓喜桂今日趕著馬車過來。這時喜桂剛好站在不遠處，倒是最能攔住林大谷的人了。

喜桂連忙上前，一腳將林大谷踹在地上。林大谷痛得半天都爬不起來。

「送官！」

第四十章

案子很簡單，有了林柔柔作證，還有張氏死前留的一封信，很快就審理清楚了。這事情還要從當年林大谷娶謝氏說起。

林大谷當年一窮二白，是逃荒過來的，孤家寡人一個，後來被謝氏看中。那個時候，謝家條件尚且不錯，謝氏的嫁妝也不少。

靠著謝家的嫁妝，林大谷開了雜貨鋪，而且收益不錯。只是旁人看不到他的努力，只會說他運氣好，能娶得謝氏這樣一個嫁妝頗豐的女子，否則他林大谷哪裡能有這樣的好日子。

林大谷知道，只要謝氏活著，人家永遠都只會知道謝氏帶給他的好，不會記得他的付出。

林大谷心裡苦悶之時，認識了剛剛守寡的張氏。張氏年輕貌美又善解人意，一來二去的，兩個人就搞到了一起。

林大谷覺得在謝氏面前，自己總是直不起腰來，但是在張氏那邊就不一樣，張氏生得頗有姿色，且溫柔，對他很是周到。但他也不想冒險，覺得如今這樣享齊人之福也不錯。

但世上沒有不透風的牆，事情被謝氏知道了。當然，後面他才知道，那是張氏故意讓謝氏知道的。

謝氏和林大谷大吵一架，那是個下雨天，激動之下，林大谷失手推了謝氏一下，導致她難產，穩婆問是保大還是保小的時候，他毫不猶豫地說保小。

結果，大人小孩都沒活成。

林大谷操辦完謝氏的後事，三個月後，以林悠悠太小沒人照顧為由，娶了帶著女兒的張氏。當然，那個孩子是林大谷的。

沒幾年，林大谷就給繼女改了姓，跟了自己的姓，一切完美。沒人再記得謝氏了，提起謝氏，也就是說一句命薄，不會再說雜貨鋪都是謝氏的功勞了，因為這麼多年來，靠的是林大谷的努力，將雜貨鋪經營得蒸蒸日上的。

日子本來應該這樣滋潤地過下去的，但是謝虎和游氏竟然找上門來，以當年謝氏的事情為由頭來要脅勒索他。

那謝虎手上竟然還真的有點證據，找到了證人。除了那日看到林大谷推了謝氏的人，還連絡了給謝氏接生的穩婆，知道是林大谷要求保小害了謝氏的。

林大谷當時沒想太多，只想著大事化小小事化了，能給點錢打發是再好不過了，遂第一次就給了銀錢。

但沒想到，謝虎和游氏這般貪得無厭，每隔十天半個月就來一次。他家裡縱使有金山銀山也不夠，但這時候他再拒絕不給，已然嘗到甜頭的夫妻哪裡肯善罷甘休？

被逼到頭的林大谷，只得花錢買凶殺人。

謝虎和游氏死了，他覺得日子終於清靜了。

只是他發現張氏變得有點不對勁起來，看著他的眼神有些懼怕。不過這也沒什麼，女人害怕男人，那不是應該的？他也沒放在心上，想著日子久了就好了。

誰知道等林柔柔來了之後，張氏竟然提出想要和林柔柔一起回縣城。林大谷就忍不住多想了幾分。張氏這是懼怕自己，不想和自己待在一起？還是想去告發自己？張氏要是告發自己，那麼自己的產業錢財就都是張氏的……

再看張氏，雖然年紀大了，但這些年不怎麼操勞，身姿依舊窈窕，風韻猶存。到時候再找個男人，怕也是容易得很。

越想，林大谷對張氏就越懷疑。

後來，張氏突然摔倒了，傷了腦袋和腿，林大谷放心了些。這樣總不會還想離開了吧？可是都這樣子了，張氏還是想離開。林大谷越發覺得自己的猜測是對的，張氏怕是起了別的心思，想去告發自己。

於是他就起了殺心，反正也不是沒殺過人，乾脆一不做二不休，直接在藥裡下了砒霜，一了百了，再沒有人知道他殺過人了。

本來一切都挺美好的，沒想到林柔柔竟然會說出真相。

說到林柔柔，也是因為太過絕望了。陳德中傷了男人那處緊要地方，別說有孩子，正常同房都不可能了。沒有孩子，她以後根本沒有指望。而且陳德中又是那樣的瘋子，每日以折磨她為樂，她活著有什麼盼頭？

身體受陳德中的折磨，心裡受著自己和爹爹害死娘親的煎熬，她乾脆說出真相，給娘親一個公道。

她是真的不想活了。這個世間，已經沒有愛她的人，她也沒了指望。

這起案子引起一片譁然，成為縣城裡整整一年的話題。那時候，好多有姑娘的家裡找女婿都是不斷考察再考察，生怕也招了這樣一條狼回來。

林大谷毫無意外的是秋後處決，林柔柔則是在案子結束後，在牢裡自殺了。

林家再無其他人，所有財產都判給了林悠悠。大家都在議論，林悠悠命好，先是夫君中了秀才，這會兒又得了一大筆財產。

林悠悠心情倒是不錯，感覺渾身一輕。原身的恩怨算是了結了，以後，她就只是林悠悠，只是她自己了。她也該認真考慮自己的處境，以後的路要怎麼走，該怎麼走？

心裡在計劃著未來的時候，劉彥卻是格外擔心她。畢竟林大谷總是她的父親，剛知道林大谷害死自己的生母，怕她難過，所以這幾日，劉彥基本將所有的應酬推掉，在家裡陪著林悠悠。

林悠悠並沒有感覺出來，因為一開始劉彥並沒有做什麼其他的，只是每次都拿著一本書在她身邊，這般潤物細無聲地陪著她。也是過了兩日，她才反應過來，劉彥這傢伙竟然一直陪著她，無聲地安慰她，倒真是怪可愛的。

這般在家裡待了幾日，劉彥和林悠悠準備離開，回去百麗城了。一來那邊的老師更好，對劉彥的學業有益；二來林悠悠實在想念寶珠和黑丫她們，想要回去了。

在一個風和日麗的日子，林悠悠和劉彥出發回百麗城。

如今屬於原身的恩怨已了，劉家的生活也算是小富即安，而劉彥參加完鄉試之後，就會進京參加會試，到時候自然會邂逅屬於他的女主角清華郡主。而她，是時候可以離開了。將寶珠黑丫她們安排妥當，等劉彥鄉試回來，就和他告別，去過屬於她的人生。

天地那麼大，她該去好好看看。兒女情長什麼的，隨著時間過去，就會淡了。

一生中會遇到很多人，有的人只是過客，是沿途美麗的風景，是記憶裡面的珍珠。她會記得，記得和劉彥的曾經，那麼多美好。

劉彥自然不知道林悠悠的這些想法，一路上，他陪著她一起看風景，偶爾還會搜腸刮肚說一些趣事，希望這段旅途更輕鬆愉快一些。

行了五、六日的功夫，林悠悠和劉彥終於回到了百麗城。

再回來，竟然覺得像是離開很久一般。馬車進了城，她此刻已經很想見寶珠黑丫了，臉上也帶著激動期待的表情。

一段不長的路，林悠悠卻覺得像是行了很久一般。

才到家門口，就看到寶珠和黑丫兩個小姑娘扒在門邊，眼巴巴地往外望著。看到了林悠悠，頓時大眼睛裡全是歡喜，高興地喊了一聲。「姊姊！」

兩個小姑娘跟炮彈一樣衝了過來，一左一右地抱著林悠悠。

林悠悠也好生歡喜，一手揉著一個小姑娘的腦袋，摟著兩個人的肩膀進了宅子。

其間自然是一番敘話，各自說了近來發生的事情。見到家裡幾個人都好好的，林悠悠已是極為滿足了。

接下來的日子，卻是煙火氣滿滿的小日子。

劉彥再還有半個月就要去參加鄉試，此去汝寧府路途遙遠，一路上風餐露宿的，吃不好睡不好，林悠悠就想著趁在家的時候，多給劉彥做些好吃的。

而且她心裡也想好了，等劉彥鄉試回來，她就要和他告別。她不想就此被束縛，想去更遠的地方看看，想去看看這個遼闊的山河，品嘗各地的美食，這樣對她的廚藝也有好處。心胸開闊，見識廣泛，才能做出有味道的美食來。

所以近來都是由林悠悠掌勺，陳招娣打下手，黑丫在一邊學習。

林悠悠近來帶著黑丫做吃食，從大菜到小菜糕點，盡力指點黑丫。黑丫很有天賦，未來好好發展，也是一個大廚。現在將能教導的都教她，否則等到離開，以後不知道會不會有見面的機會，就算見面，怕也是很難得的。

既然決定要走了，就不再左右搖擺，最後的時間便順著心意，想做什麼就做什麼吧！

因為林悠悠掌勺，大家吃得身形圓潤，就連劉彥這個不太重口腹之欲的人，也吃得圓潤了一圈，當真是胖了，讓鄭氏來看都說不出兒子瘦了的違心話。

將劉彥給養得胖胖的，鄉試的日子也臨近，出發的日子也定下了，就在後日，林悠悠便開始給劉彥收拾行李。

有些東西早些日子就準備了，現在天氣已經不那麼熱，有幾分涼爽。等到達汝寧府的時候，怕是有幾分涼意，不僅薄的衣服要帶，厚一些的衣服也要帶上。

半個月前，林悠悠早讓裁縫鋪那邊給劉彥做了五、六身衣裳。也不只是劉彥，一家子都做了新衣裳。

裁縫鋪子前幾日就將做好的成衣送過來，林悠悠過了水，晾曬好了，這會兒也都給收拾進行李。衣裳吃食，一些急用的藥品也收拾了。反正現在自家有馬車，也就喜桂和劉彥坐，能夠多帶一些東西。

這般到了劉彥出發的前一夜，林悠悠在書房裡清點著行李，看下會不會有缺的漏的，格外地細心體貼有耐心。

劉彥就在一邊看著，眼睛裡全是溫柔，滿得都快要溢出來了。

他看著看著，想到這次又要分離二十幾天，已經開始思念了，動容地上前抱住了林悠悠的腰肢。

林悠悠身子一僵。

劉彥在她耳邊溫柔說道：「等我回來，到時候我有話和妳說。」

「好。」我也有話要和你說。

只是後半句到底沒說出來，怕影響了他的心情。
反正，一切等劉彥鄉試結束回來吧。

第四十一章

劉彥去汝寧府參加鄉試了，至少要半個月才會回來。

百麗城的天氣漸涼，到處開滿了桂花，林悠悠如今倒是空閒，就帶著黑丫和寶珠一起採摘桂花，準備做桂花糕。

想著等劉彥回來的時候，差不多就是中秋節前後，到時候也做點月餅吧。過完中秋節就和劉彥說清楚，然後浪跡天涯去。

林悠悠做了不少桂花糕，就拿了籃子裝了，打算送去給蓮嬸嘗嘗。

她和蓮嬸處得不錯，蓮嬸是土生土長的本地人，家裡幾輩都在這裡，親戚關係七拐八繞的，差不多半個百麗城的人都認識，所以對百麗城的事情了解得很清楚。

林悠悠就愛和蓮嬸聊天，覺得挺有意思，能夠多了解百麗城的風土人情。

她提著一籃子的桂花糕去了隔壁。此時正是黃昏，隔壁店裡的生意依舊冷清，蓮嬸正坐在櫃檯後面喝茶，抬眼看到她進來，忙放下茶杯，和林悠悠打招呼。「秀才娘子今兒個怎麼有空過來？」

林悠悠提了籃子在蓮嬸身邊坐下，好笑道：「蓮嬸這樣取笑我，那我就將東西提回去了。」

蓮嬸頓時心思就在林悠悠提著的籃子上了，探頭看了一眼是糕點，而且很精緻，花樣也新穎，方方正正的糕點上有玉兔抱月的圖案。那圖案雕刻得正好，那玉兔栩栩如生，一雙眼睛活靈活現，只覺得下一秒要從籃子中跳出來，要活了一般。

蓮嬸伸手拿了一個放在手上仔細看，忍不住讚嘆。「妳這做糕點的模子可是厲害，栩栩如生的。」說完就咬了一口。

入口甜而不膩，桂花香極清雅，不會過於濃郁。反正一切都剛剛好，不多一分也不少一分，恰到好處的好吃。

蓮嬸吃完一塊，又連吃了兩、三塊才住手，然後忍不住抱怨道：「悠悠，因為妳，我都胖了。自從妳在隔壁開了滷肉鋪子，我日日聞著看著，每天都忍不住要吃一些。肉這東西，過個幾天就吃膩了。可是沒想到，我到今天還沒有吃膩。」

林悠悠忍不住抿唇笑了笑。

蓮嬸抱怨完，想著今天晚上絕對不再去隔壁買滷肉了，反正還有桂花糕。再想到桂花糕，她就看向林悠悠。「這個桂花糕味道好，我們合作吧！」

林悠悠無可不可的樣子。「可以啊，我直接將方子賣給妳，五十兩。」

蓮嬸愣了一下。原本只是因為桂花糕味道好，樣子也好看，心裡一動，隨口一說，沒想到林悠悠這麼好講話，竟然直接將方子賣給自己。關鍵是這個價格不貴，依著這味道，若是好好做的話，賺得應該不少。

林悠悠似乎看出了蓮嬸的疑惑，解釋道：「百麗城裡會做桂花糕的不在少數，做得好吃的也不少，我做的桂花糕可能是味道最好的，但是大家還有很多其他選擇，價格上不去。還有，桂花是時令東西，過了季就沒有新鮮桂花了，做出來的桂花糕就差了一些。過了季節，大家也未必愛買桂花糕了。」

說得很有道理，但是蓮嬸知道這個還是自己占便宜的。

兩人口頭上商量好了，說好了明日一早，蓮嬸就帶著新鮮的桂花過去學做桂花糕。林悠悠點頭應了。

正事說完，就閒聊起別的來。

蓮嬸目光四處看了看，這會兒恰好店裡沒有生意，她就小聲說道：「楊大人被免職了。」

林悠悠一開始還沒有反應過來楊大人是誰，想了一下，對方說的應該就是百麗城的知府楊青山了，那個很是正直秉公的官員。

林悠悠對其印象不錯，幾次的接觸之中，對方從不徇情枉法，處事都很公道。如今被免職了，她心裡也有幾分不得勁，遂就細細問起了蓮嬸。原來是百麗城上交的稅銀有問題，上面派了欽差下來查，查出問題，人已經被押解進京受審了。

「那百麗城怎麼辦？」

因為有楊青山在，林悠悠很喜歡百麗城，覺得這裡很安全。若是楊青山不在，是不是會派一個新的官員來，新的官員是什麼秉性，會不會草菅人命？

聽到林悠悠的問話，蓮嬸也嘆了一口氣。「據說新的知府大人已經在來的路上了，不日就會到達。至於新的知府大人是何人、什麼性子，我們就不知道了。」

這個確實，蓮嬸能夠知道這麼多已經很難得了。

林悠悠心裡有些不安、憂心，想著楊青山和新知府的事情，就沒了心情和蓮嬸說話，告辭先離開了。

林悠悠回了家，喝了杯水，心緒才平穩下來。

應該沒事的，劉彥好歹是院試案首，又參加鄉試，很快就會是鄉試解元，一看就前途無量，應該沒人會往死了得罪他；所以新來的知府就算不是好官，應該也不會無緣無故刁難他們家的。而且他們素來低調，應該不會有事。

百麗城的府衙裡，今日新知府到任。

新知府派頭很足，光是馬車就十幾輛，隨行的丫鬟小廝二、三十個，還有婆子粗使一、二十個。這還不是讓人驚奇的，驚奇的是新知府還帶了七、八個貌美如花的小妾，一個個走出來婀娜多姿的，讓府衙裡的人都看直了眼。

對比之下，上一任的楊青山堪稱寒酸了，來的時候就一輛馬車、一個老僕、一個小廝，不多的行李。

看到新知府的作派，下面的人頓時皮緊了一些。這個怕是有背景的，百麗城之後的日子怕是不好過了。尤其是百麗城的富商，要等著被扒一層皮了。

新知府的馬車是近午時到的，等到傍晚，才稍微收拾妥當一些。

新知府姚雙慶略微休整了一番，就讓人去請了自己的叔叔姚定坤來家裡赴宴。

姚定坤欣然赴約。一桌子的美味佳餚，兩人分賓主而坐，旁邊還有美貌的婢女伺候。姚雙慶面上帶笑，先敬了姚定坤一杯酒。

「叔叔，這次還要感謝您，我才能有這個機會來這裡當知府。百麗城頗為富庶，姪兒很喜歡這裡。最重要的是今日在街上，姪兒看到好些少女姿容清麗。」

姚雙慶是姚定坤大哥的兒子，有些本事，進士出身，加上姚定坤在官場上的運作，倒是也讓姚雙慶一步一步走上來了。這次，謀了這個外放也是姚定坤的幫助。

這可謂是一箭雙鵰，一是解決了那討厭的楊青山，二是將自家的姪子弄過來，在這裡待個三年，到時候再回京城，拚了自己剩下的人脈給弄個好差，他這個姪兒也算是出頭了。

姚雙慶勸了姚定坤幾杯酒，笑著說道：「叔叔，您看我這個婢女，生得明眸皓齒、肌膚白皙，一雙眼睛水汪汪的，好像會說話一般，晚上送給叔叔如何？」

聽到此話，姚定坤看了一眼姚雙慶說的那個婢女，卻是提不起興致來。他喜歡年紀小的，腦海裡一直浮現出雲來酒樓那個紅色身影，面容稚嫩，卻可以看出未來的傾城姿色，一雙眼睛清澈，真真是嬌嫩得如同花骨朵一般。

可惜，當初被那楊青山作梗，否則那女孩早就是他的囊中之物了，何至於他午夜夢迴總是想著，再看其他的貨色都覺得入不了眼。更別說這年紀大的，看著就滿眼污濁，很是倒胃口。

看姚定坤皺眉，姚雙慶知道自家叔叔不喜歡，就關切問道：「叔叔喜歡什麼樣的，儘管和姪兒說，姪兒一定想盡辦法給您安排。」

聽到此話，姚定坤眼前一亮。這倒是，原來有那個楊青山在，他得不了手，如今這百麗城可是自家姪兒當家作主，還不是任他施為。

姚定坤當即就把心裡一直想著念著的小東西和姚雙慶說了。

姚雙慶眼睛微微睜大了一番，然後了然笑道：「原來叔叔好這一口啊！叔叔放心，既然姪兒在這裡了，一定滿足您這個小心願，無論如何也要讓叔叔得償所願。」

聽了此話，姚定坤當即笑得滿意，當日晚上高興地回去了。而這邊，姚雙慶也去讓人打聽寶珠那邊的情況。

次日，關於寶珠的消息就到了姚雙慶手裡。

姚雙慶在書房裡坐著，聽著下面的人彙報，旁邊站著的是他的心腹小廝，一雙眼睛非常機靈，叫四喜。

聽完稟報，姚雙慶就讓人退下去了。他曲指一下一下地敲在桌子上，在想著要怎麼處理。

自己才剛到任，不好就鬧得太難看，總要顧忌一點名聲。

旁邊的四喜看到自家主子這神色，就猜出了幾分，道：「大人，不如讓小的先去探路。如果對方能夠領會大人的意思，主動邀功獻上，豈不是省事很多，不用多費力氣了。」

姚雙慶聽了，連連點頭，也覺得這個主意極好。也許對方會識時務呢，畢竟他可是知府大人。

「好，四喜，此事就交由你去辦。」

四喜就應下了，到了下午，帶著兩個衙役去了林悠悠的宅子。

彼時，林悠悠正在睡午覺，黑丫和陳招娣在滷肉鋪子裡幫忙。

寶珠也在房間裡睡覺，余伯就坐在院子裡用柳條編筐，一邊守著家裡。

正編著，就聽到敲門聲。余伯走過去將門打開，看到一個穿著綢緞衣裳的少年郎，後面跟著兩個衙役，一時有些手足無措。

「幾位大人，這是？」

看到余伯這作態，四喜心裡就先自得上了。看門的這個樣子，顯然是沒什麼見識的，到時候自己隨便一說是知府大人的意思，怕是對方就屁顛屁顛地將人給獻上來了，恨不得能緊緊抓住這個攀上關係的機會呢！

「我見你們家主事的。」四喜傲然一笑，微微抬起下巴。

「這……我家夫人在休息。大人有什麼事情……先和小人說下？」

林悠悠這幾日晚上沒怎麼睡好，今兒個中午好不容易睡下，余伯不想叫醒她。

四喜原本以為對方會急慌慌地去將人叫醒，過來接待自己，沒想到卻是得了這個話，頓時氣得不行，當即怒斥道：「好你個老頭，一點眼力見兒都沒有！你知道我是誰嗎？得罪了我，你吃罪得起嗎？」

「這、這……」余伯有些慌，看對方身後的衙役，想著怕是真有要緊事情，可別被自己耽誤了，遂準備轉身去喊林悠悠。

此時，林悠悠已經起身，走了過來。外面這樣吵，她怎麼可能還睡得著？

「余伯，何事？」

余伯走到林悠悠身邊，稟報道：「夫人，是這幾位官爺要見您。」

「嗯。」林悠悠點了點頭，目光看過去，一下子猜出四喜應該是新知府身邊的隨從。此番過來，不知道是福是禍。

「請去堂屋說話吧。」林悠悠做了一個請的姿勢，讓余伯去泡茶，端些點心過來。

四喜原本帶著怒意的眉目這才緩緩舒展開來，帶著兩個衙役趾高氣揚地往堂屋而去。見此，林悠悠微微皺了皺眉。

幾人到了堂屋，四喜自己在主位上坐下，林悠悠只能在一邊坐下。

余伯這時候也將茶水點心拿了過來。

四喜不屑地端起一杯茶水喝了口，想著這種地方，肯定沒什麼好茶葉。畢竟，聽說這家主人就是鄉下莊戶人家出身，走大運了才考中秀才，如今正去汝寧府參加鄉試呢。能不能中還兩說，就算中了，也就只是一個小舉人罷了。要知道就算是狀元，也有一輩子熬不出頭來的。

但沒想到這茶入口清新微甜，還帶著淡淡的花香。

四喜本來還準備挑剔兩句的，但喝了這茶，卻是找不出說的地方。於是又去拿了點心吃。家裡現成的就是一些小蛋糕和桂花糕了，還有其他外面買的點心。

四喜看小蛋糕精緻就吃了一塊，嗯，也太好吃了吧，又吃了兩塊。然後看旁邊的桂花糕也精緻，上面的兔子跟真的一樣，也拿了一塊吃，也很好吃。

這會兒都快到中午了，肚子也餓了，四喜連吃了好幾塊才停下來。

都吃成這樣了，再說人家的東西不好吃，也太違心了。算了，四喜就直接轉入正題。

「是這樣子的，我們大人昨日剛剛上任，也就是姚知府姚大人。聽說了你們家的事情，知道你們收養的寶珠姑娘命途多舛，很是可憐，所以打算收養她做女兒，也以此警示一下那些人販子，夫人以為如何？」

聽到這話，林悠悠只覺得一股怒意直沖腦門。

這些都是什麼人！一個一個的，都惦記著寶珠，一群畜生！

林悠悠的手狠狠地握緊，指甲掐進掌心都不覺得痛了。她拚命壓住自己的憤怒。如今敵強我弱，不可妄動，否則只會害了寶珠害了自己。

於是為難地說道：「我收養了寶珠這些時日，已經將寶珠當成親妹妹一般。而且寶珠在我這邊也生活得很好，突然離開，不論是寶珠還是我，都不捨得。大人的厚愛，民婦這邊替寶珠謝過了。」

四喜卻不覺得林悠悠是不願意，怕是在拿喬，軟硬兼施道：「妳還是想清楚一些的好。妳家夫君去參加鄉試了吧？以後肯定是要走科舉入官的路子，到時候有了這層關係，大人總是會格外關照一些的。還有，妳家的這宅子還是租的吧？只要點個頭，這宅子立刻就能變成妳的。」

林悠悠差點咬碎一口銀牙。這人知不知道自己在說什麼，劉彥還需要那個勞什子知府關照？知不知道劉彥是誰，科舉文的男主角，堂堂科舉大老，未來權傾朝野的一朝首輔，還需要一個小知府關照？

也就是面前的人不知道未來，才敢這樣大言不慚。過個十年，借給對方十個膽子都不敢這樣說。

再一個，她沒買這間宅子，是因為錢嗎？那是因為想著不用住多久才租著。不管是她的滷肉鋪子還是和蓮嬸做的桂花糕生意，說是日進斗金都不為過，怎麼可能會沒錢呢？

如今在百麗城，誰不知道這裡的滷肉是一絕，過往商旅必買的東西。所以，她真的就不缺錢。

但林悠悠面上也不表現出來，而是咬了咬唇，為難說道：「這件事情，容我考慮考慮。

而且我一個婦道人家，這樣大的事情也作不了主。且容小婦人我寫一封信給我家當家的，讓他來決定。」

這話也有道理，看對方的意思也是已經差不多妥當了，四喜就點了頭，先回去彙報。

林悠悠和余伯一起將人送出去，還給拿了一些糕點果脯之類的。

終於將人送走了，她讓余伯將門關上，自己則是在院子裡走來走去。

今日暫時敷衍過去了，但看知府這迫不及待的樣子，怕是不會讓自己拖延的。

上次那個老頭子說是京城裡告老還鄉的大官，怕是和如今剛上任的知府有所牽扯。因此這新知府一來，就過來找自己要人了。

自己雖然能拒絕，只怕拒絕沒用，到時候那知府發了狠，隨便給自己安個罪名，統統下到牢獄裡去，還不是想怎麼樣就怎麼樣。

得走，立刻走，連夜走，先回梨花村避禍，一切等劉彥回來了再說。

林悠悠當即就讓余伯將陳招娣喊了過來，一起收拾行李。

至於黑丫和寶珠，還是兩個小姑娘，沒怎麼經事的，就不必說了，免得面上露出來讓人看出端倪，走不了就大事不妙了。

東西都暗暗收拾了，接著就是滷肉鋪子，只能先關門了。錢夠花就好，家人平平安安最重要，不差那些錢的。

等到吃晚飯的時候，林悠悠就說了這件事情。「新來的知府怕是和原來那個想要對寶珠不利的老頭有點牽連，如今又來打寶珠的主意。白日裡，我是給拖延了過去，但這不是長久之計。為今之計，還是先躲再說。」

寶珠頓時眼睛都紅了，是恨也是怒的。她只是想安安生生過日子，怎麼就那麼難，一個一個的都不肯放過她呢？

惹急了她，讓舅舅將他們的腦袋都給砍了！

第四十二章

猛然跳出這樣一個念頭來，寶珠愣了一下。她怎麼突然會有這樣的想法？

自從每月按時去針灸，她的腦袋似乎慢慢好轉了，有時候作夢還會夢到一些畫面，只是每次醒過來就忘記了。

寶珠紅著眼睛在那裡發愣，林悠悠忙伸手攬了攬她的肩膀，小聲安慰道：「寶珠，妳不要多想，這和妳沒有關係，是那些畜生心太壞了。妳看，就像是路上的花長得很漂亮，壞人要摘它，還怪是花長得太好看了。妳說這能怪花嗎？」

「不是花的錯，花長得好看沒有錯。」

林悠悠一邊點頭，一邊輕輕拍了拍寶珠的後背，慢慢寬慰她。

黑丫也握著寶珠的手。「寶珠不要怕，我一直陪著妳，保護妳。」

寶珠再看了看余伯和陳招娣，見大家都是滿眼關切地看著自己，突然就不那麼生氣了。這不是她的錯，她不要生氣。而且她還有這麼多愛自己的人，她已經很幸福了。

於是，快速吃完飯，寶珠和黑丫也去整理自己的東西了。兩個小姑娘沒多少東西，小半個時辰就收拾好了。

收拾妥當後，余伯就套了馬車到院子裡。

原先的那輛馬車已經被喜桂趕著送劉彥去參加鄉試了，家裡用慣了馬車，突然沒了很不方便，鋪子裡也要用，所以前些日子，林悠悠作主又買了一輛。沒想到這會兒正好用得上，不然此刻倒是麻煩得很。

因為要跑路，都是將緊要的東西帶著。林悠悠將所有銀錢都帶上了，到時候到了鄉下再置辦些東西就是了。

東西都放進馬車裡，總共是三個大人兩個小孩子，擠著坐，滿滿當當地出發了。

余伯和陳招娣兩個人坐在馬車外面，林悠悠帶著兩個小姑娘坐在車裡。

這時候，大家才吃完晚飯，正四處消食，街道上倒是熱鬧得很。

余伯趕著馬車，倒是安安穩穩地到了城門口。守城門的照例詢問了一番，林悠悠讓余伯塞了銀子，就說是鄉下老母親生病了，急著趕回去。

本來也不是什麼戒嚴時候，守城門又是件苦差事，如今有人塞銀子，守城門的眼睛一瞟就放行了。

余伯趕著馬車出了城，韁繩一甩，馬車就加快了步伐，狠狠往遠方而去。

四喜從林悠悠那裡回去後，姚雙慶正在府衙辦事，接見官員，了解當前的情況，好儘快接手。直忙到傍晚才得了空，招了四喜過來。

聽了四喜的話，當即嗤笑一聲。「本官肯這般和她好好說話，是看得起她，她倒是拿喬上了。既如此，那就不要和她們客氣了。」

四喜眉目恭順，等著姚雙慶的吩咐。

「晚一些，等夜深了，街上沒人的時候帶幾個人去，直接將那小姑娘擄來就是。不就一個小姑娘嘛，還值得費那麼多心思？悄悄弄過來，往叔叔的府裡一送，神不知鬼不覺的，省事。」

四喜連忙應下，領命下去安排了。姚雙慶累了一天，招了一個美貌的小妾來房間裡伺候著。胡鬧了兩個時辰，正準備睡覺呢，四喜忽然急匆匆地在外面喊。

「大人、大人，不好了！」

聽了這話，姚雙慶一下子翻身坐起來，隨便披了一件衣裳，問道：「進來說話。」

四喜進了房間，眼睛卻是不敢亂看。小妾也早就躲在角落裡，用被子將自己蓋得嚴嚴實實的。

「何事？這樣慌慌張張的，簡直不成體統！」姚雙慶這下火氣很大。若是四喜說不出個什麼重要的來，待會兒免不了一頓罵。

四喜忙稟報道：「大人，小的按照您的吩咐，趁夜去了那寶珠家裡。誰知道已經人去樓空，應該已經跑了！」

一下子，姚雙慶的怒火就凍住了。他眼睛微微睜大，一時間也是難以置信。

那幾人跑了？怎麼會，竟然如此機警，有如此膽識？

想到自己被一個小人物給耍了，姚雙慶怒極反笑，目光發狠。「你帶人去，給我將人抓回來。對了，多帶幾個人去。」

四喜連忙應下，轉身正要走的時候，卻又被姚雙慶喊了過來。

「只要保證那個叫寶珠的小姑娘完好無損，其他人生死勿論。」

「是。」

對於這種事情，四喜司空見慣了。在京城的時候，姚家也算是小有權力，雖然不能為所欲為，但是偶爾欺壓一下也是可以的。而且姚雙慶做事極有分寸，知道什麼人能處理，什麼人不能處理。

就好像現在這個，一個夫君還沒考上舉人的小婦人罷了，查探過了，只是鄉下泥腿子出身。這樣的人，處理了也就處理了，能出什麼事情，誰會替對方出頭？

林悠悠晚上在馬車上瞇了會兒，就不怎麼睡得著了。她有些憂心，不知道那新知府會不會派人追過來？

應該不會吧，不至於如此大動干戈吧？

而且回了村子裡，整個村子的人都是認識的，出個什麼事情，喊一聲大家也就過來幫忙了。百麗城距離那裡鞭長莫及，應該不至於派人過去吧？

這般過了三日的功夫，來到一處江邊。

從水路走，能省下一日一夜的功夫，林悠悠想了想，決定走水路，儘快到家才能安心。為了安全起見，她坐的是那裡最大、人最多的船，這條船足足能坐三十人，人多才能讓林悠悠安心。

馬車自然是坐不了船的，林悠悠就讓余伯給賣了。

幾人拎著行李上了船，找了個角落的地方安頓下來。寶珠早就被林悠悠用炭塗得黑漆漆的，這般看著安全很多。

黑漆漆的寶珠和黑丫差不多，兩個人站一起跟雙生姊妹一般。

幾人吃了身上帶著的乾糧，相互依偎著瞇一會兒。船上一晃一晃的，林悠悠只覺得噁心，腦海裡就想到了劉彥。上次和劉彥一起坐船的時候，劉彥總是擔心自己暈船，不停給自己講故事，說各種有趣的事情。那一路，真是美好啊……

想著想著，林悠悠覺得好像坐船也沒有那麼難受了。

這是傍晚上的船，等到次日中午就到了。

下了船，大家都灰頭土臉的，而且寶珠還有些著涼了。沒辦法，林悠悠就打算在當地找家客棧休息一日，明日一早再出發，不然把人熬病了就不好了。

找了家客棧，先安頓下來，大家吃了熱飯熱菜，再舒舒服服地洗了個澡，回房間裡休息。這幾日沒日沒夜地趕路，他們不是小孩就是老人的，要不然就是林悠悠這個身子嬌弱的，可不得好好休息一下了。

這一夜，大家都睡得好。

一大早的，林悠悠就先起來了，帶著陳招娣去客棧的小廚房，想要借用一下小廚房，做點乾糧帶在路上吃。

卻在經過院子的時候，看到一個熟悉的身影一晃而過。她一下子沒想起來是誰，又走了兩步，猛然頓住。

是那日來家裡說新知府要帶走寶珠的那個小廝！

林悠悠心神俱震，沒想到對方都追到了這裡。是已經知道他們都在這裡了，還是只是恰好住在一個地方？

林悠悠打消了這個僥倖。為了低調，所以她選的是這間小客棧，條件不是特別好，依據對方的性子怕是會挑個好的地方，那麼就是在這裡等著自己了。

林悠悠的腳步未停，依舊往前走，心裡卻是不停想著要怎麼辦。

此刻很是危險，刻不容緩，她當即從袖子裡面掏出一張五十兩的銀票給陳招娣，說道：「那知府的人已經追到客棧了，趁著現在還沒發難，妳帶著寶珠先跑出去。跑出去之後隨便找個地方落腳，不要妄動，等到十天半個月，風聲過了再去梨花村找劉秀才的劉家。」

陳招娣一愣，總覺得要不好了，忙問道：「夫人，那您呢？」

林悠悠笑道：「我們兵分兩路，這樣目標不會太大，到時候在梨花村會合。」

聽了這話，陳招娣稍微放心了，接下銀票，慎重向林悠悠保證。「夫人請放心，我一定將寶珠平安帶到梨花村的。」

「嗯。」林悠悠點了點頭，讓陳招娣去見機行事了。

看剛才那人的樣子，應該是剛剛摸到這裡，否則應該趁著昨晚就動手了。所以要趁著對方還沒布置好，先行打算。

陳招娣已經過去找寶珠了，她則是趕去找黑丫和余伯。

剛才出門的時候，她記得寶珠還在房間裡洗漱，黑丫則是跟著余伯出門去採買了。

林悠悠趕緊回房間寫了紙條，然後到了窗邊，一直盯著外面。很快便看到黑丫和余伯提著東西往回走，當即將手上的紙揉成紙團往下扔，正好砸在余伯頭上。余伯當即停了腳步，往上看去，就看到了林悠悠對著他搖頭。

他有些納悶，還是一邊的黑丫撿起掉在地上的紙團，打開來給余伯看。

余伯看了看，當即對著林悠悠點了點頭，拉著黑丫就往回走，快速消失在視野裡。

如今她要做的就是引開那些人了。

林悠悠去了後院，花了雙倍價錢買了一輛馬車連同車夫，然後將行李拿上車，自己鑽進馬車裡，讓那車夫開始趕車。她則是掀起一角的簾子。這樣看不出馬車裡的情況，但是可以清楚的看到她的臉。

馬車準備從後院出去的時候，當即就被盯梢的人看到，立刻稟報給四喜。

四喜當即趕了過來。「看清楚了？都在嗎？」

「車裡面看不見，就看到那個夫人。」

很快地，另一個人跑了過來。「大人，房間裡沒有看到其他人。」

四喜不作他想，不覺得一個小婦人能有那般能耐，還知道調虎離山，以為人都在那輛馬車上，當即叫上人追了上去。

林悠悠讓馬車儘快趕路，出了城門往相反的方向去。這樣等到對方反應過來的時候，寶珠他們也到了梨花村。

林悠悠到了碼頭的時候，已經是傍晚，沒有什麼船了，最大的也就一艘五、六人的船，此刻坐了三、四個人。林悠悠付了錢上船，看著船工還沒有要開的意思，直接把剩下的位子也買了，船工當即樂呵呵地開船了。

船開了沒一會兒，林悠悠看到四喜帶著人也趕到了，一夥有七、八人之多，全是精壯漢子，看著就凶悍。她忙往角落裡躲去，躲過了四喜等人的目光。

四喜看不清楚船上所有人，但確定林悠悠是上了那條船的，剛才都問過了。當即找這裡負責的船頭，亮了身分，讓他找來了一條又快又大的船，便追過去了。

林悠悠原先看到四喜目光沈沈地看過來，心都跟著提了起來，但是很快看到他們轉身走了，好一會兒都沒回來，以為對方放棄，稍微鬆了一口氣，坐在角落裡拿出乾糧和水吃了起來。

才吃到一半，就聽到旁邊傳來驚呼。

「那條船好快，是朝著我們這邊過來了嗎？」

林悠悠一驚，忙看過去，就看到四喜站在船頭。那船果然很快，其勢洶洶，朝著她而來。

第四十三章

林悠悠頓時覺得手腳冰涼。這些人當真如附骨之蛆一般，緊追不捨。

她此刻既是慶幸又是害怕，慶幸的是寶珠不在這裡，不然定要被帶走了。那樣一個嬌豔的小姑娘，後果如何，實在是不堪設想。

但她也是害怕的，自己今日怕是要有一劫了。

林悠悠轉頭看向黑黝黝的河水，目光也跟著冷靜下來。她會游泳，此刻也只能冒險賭一把了。趁著他們還有一些距離，先行跳河，否則等到對方趕到近前，自己怕是要被困住，可能連跳河的機會都沒有，還會連累船上的其他人。

做好決定，人就悄悄到了船尾，一躍而入。頓時水花四濺，引起船上的人驚呼。

「有人落水了！」

「好像是個小媳婦。」

「船上有誰會水的嗎？快下去救人！」

小船內頓時嚷嚷了起來，大家互相四顧，只有一人會泅水，是一個中年漢子。他起了身，趕忙到船邊，卻一下子看不見剛才落水的身影，不知道該往哪裡救。

「剛才有人看清楚了嗎？是從哪裡跳下去的？」

「那裡！」

立刻有人指出了方向，那中年漢子正準備跳下去的時候，旁邊又是一陣驚呼。

「快看，那邊船上跳下來了五、六個人，都往這邊游過來了！」

本就距離不遠，這麼一會兒功夫，那些人就已經游到近前了。

那中年漢子頓時就收住了腳步。「他們是過來幫忙救人的吧？一下子就去了五、六個人，而且看上去個個都是好手。」

旁邊的人也這樣以為，大家便站在旁邊看著了。

林悠悠入了水，瞬間一陣刺骨冰寒。秋日夜裡的水還是很冷的，凍得她一個哆嗦，不過此時此刻也顧不上這些了，連忙快速游了起來。

只是，很快便聽到了後面有追趕的聲音，轉過頭看了一眼，差點被驚得魂飛魄散。

只見有五、六個人緊緊地追著她不放。

林悠悠咬牙，使出了吃奶力氣，拚盡全力游著。她不敢有絲毫停頓，只怕這一停頓就是性命之憂。

不知道過了多久，似乎只是一盞茶的功夫，又似乎是很久很久，久到林悠悠覺得渾身乏力、頭暈眼花，幾乎要失去意識，只是憑藉著本能往前游的時候，眼睛看到前面似乎是岸邊。她忙加速，卻猛然覺得腦袋撞上了什麼，砰的一下，眼前似有一陣白光閃過，然後就暈了過去。

再次醒來的時候，林悠悠一時間有些恍惚，只覺得身上哪裡都痛，有種很沈重的滯澀感。腦袋也鈍鈍的，眼皮似有千斤重。她艱難地睜開了眼睛，就見眼前的環境很陌生。

房間的布置都是粉色，粉色的床幔，粉色的簾子，這應該是個少女閨房。是有人救了她嗎？

林悠悠四處打量的時候，房門被人從外面推開，進來一個頭髮半白的老婦人。老婦人手上端著一個托盤，上面放了個碗，裡面是黑乎乎的藥汁，因為門一開，林悠悠聞到了那濃濃的藥味了。

老婦人看到她睜開了眼睛，很是高興，幾步上前，將托盤放到床邊的一個矮几上，伸手握住了林悠悠的手，開心得眼眶濕潤。「苗苗妳可算是醒了，娘的好閨女啊，妳可嚇死娘了！」

她又穿越了嗎?!

林悠悠只覺得心頭一股劇痛傳來。雖然本就打算離開，但起碼還是在一個時空。哪日很想很想了，還是可以偷偷去看一眼的，甚至哪日後悔了，也還有重來的機會。

但若是再次穿越了，她和劉彥是不是此生再沒有遇見的可能？

還有寶珠、黑丫她們，她在前世是孤兒，無依無靠的，好不容易有了家人，如今卻又要重來嗎？

一時間，林悠悠忍不住濕了眼眶，默默流淚。

老婦人立刻注意到了，緊張不已。「苗苗怎麼了，可是哪裡不舒服？老頭子、老頭子，你快來啊！」忙就對著外面喊了起來。

很快地跑進來一個手上提著大勺，頭髮也是半白的精神老頭。

老頭看林悠悠滿眼是淚，一副絕望傷心的樣子，先上前來，將勺子給老婦人。「鍋裡還煮著菜，外面客人要的，妳去幫我顧下，這邊我看著。」

老婦人點了頭，出了門。

房間裡就剩下老頭和林悠悠了。老頭看向林悠悠，解釋道：「姑娘別怕，我家老婆子半年前失去了唯一的女兒，傷心欲絕，有些恍惚。而妳跟我們的女兒長得有幾分相似，她就將妳錯認成了我們的女兒江苗苗了。」

好吧，虛驚一場。林悠悠的眼睛頓時有了光亮，緩緩轉過頭來，看向說話的人。

對方繼續說道：「這邊是江州下的白雲小鎮。當時我們坐船去白水縣那裡採買一批番外食材，在回來的路上恰好救了妳。妳一直未醒，恰好同行的一個親戚是大夫，就一邊醫治妳一邊將妳帶了回來。救了妳之後，妳一直昏迷著，偶爾有醒過來的時候，也很快再次昏過去。距離救妳到現在，已經一月有餘了。」

竟然已經過去了一個月？不知道劉彥該如何傷心難過，林悠悠就躺不住了。她掙扎著要起身，但身上實在虛弱，頭才抬起來一半，就又重新跌回去了，因此還出了一身虛汗，頭暈目眩。

老頭忙勸說道：「有什麼事情養好身體再說，先別急，妳身體虛得很，可禁不起折騰。」

沒辦法，確實無論做什麼，都要先將身體養好。

於是，這麼一休養，就又養了半個月，林悠悠才算是養回了一些，起碼能夠支撐她趕路回去了。

而這半個月裡，她也了解了這家人的情況。

這是對老夫妻，男的叫江永壽，女的叫楊春花。

老夫妻年輕時一直沒有孩子，到了三十歲上下才老來得女，得了一個江苗苗。誰知道，江苗苗到了婚嫁之齡的時候卻被一個男人給騙了。江苗苗受不住，上吊自殺。老夫妻失去唯一的女兒，幾乎是要了兩個人的命，楊春花悲傷過度，人有些失常，時常坐在門口，說是等她家苗苗回家。

女兒已經死了，妻子又是這個樣子，江永壽心裡再難受，也只能強打起精神來照顧妻子。

老夫妻也不是這個小鎮的人，而是二十年前從外地來的，在這裡置辦了一個小宅子，安頓下來。宅子前面鼓搗了一個小鋪子，開了個小飯館，賺些銀錢過活。後面則是住人，後院也有一塊地，種了一些瓜果蔬菜的。

老夫妻就愛鑽研美食，這次也是聽說白水縣那裡的碼頭很是熱鬧，經常有番外之人過來交換東西，就動了心思，邀了幾個人一起過去。回程的時候就恰好救了林悠悠。

當時不知道她是誰，妻子一看，又一口咬定是自己的女兒，江永壽就將人給帶回來。

林悠悠千恩萬謝過老夫妻兩個，就打算回去了。她是找了江永壽說的。楊春花一直將自己當成女兒，自己若是找她說，怕刺激到對方。

對此，江永壽也沒有意外，人醒了肯定是要回去，回到自己家的。

「一路上要小心，這裡距離妳的家鄉快的話也有七、八日路程呢。」

「嗯，謝謝老人家。」

「這裡是十兩銀子，妳先拿著當路費。」

說到這個，林悠悠雖然不好意思，但還是接過了。她身上的東西當時應該都被水沖走了，不然也泡壞了。而她又不戴首飾，如今真的是身無分文。

「等我給家裡人報了平安，到時候會找機會感謝你們的。」

江永壽隨意地點了點頭，沒有等著林悠悠回報的意思。「老婆子那裡我去說，妳明日一早悄悄地走。」

林悠悠點了點頭，知道楊春花受不得刺激，也只能如此了。

本來也是身無長物，沒什麼好收拾的，林悠悠就回房間休息，才能趕路，早些回到梨花村去。

次日，天才矇矇亮，林悠悠就挎了一個小布包，靜悄悄地離開了。

花了十日，林悠悠終於趕回了青河鎮。此時已經是晚上了，自己身子也吃不消，忙就找了家客棧安頓下來。休息一晚上，明日一大早就趕回去，否則這個樣子也讓人擔心。

因為傷了額頭，額上一道疤挺深的，林悠悠就拿了白紗將臉給蒙起來。

所以，雖然她是在這個鎮上長大的，但如今是晚上，本就看不清楚，林悠悠又是這個裝扮，沒一個人認得出來。

林悠悠先要了間房間，洗漱好了，就到大堂找了靠角落的位子坐下，要了熱飯熱菜，慢慢吃了起來。

這個點，已經不算早了，大堂裡也就剩下兩桌客人。其中一桌就是林悠悠，另一桌坐了七、八個人，都是大老爺們，在那裡吃著菜喝著小酒說閒話呢，不外乎就是家長裡短的一些小事，什麼這家生了個兒子、那家男人找了個好活計啥的。

林悠悠吃了大半碗飯，又喝了半碗湯，就準備回房間休息了。

這時候，卻聽到隔壁說起了劉彥，她就坐著沒動了。

太久太久沒有聽到對方的消息了，哪怕一星半點兒，都是好的。

「那個梨花村的劉秀才，不對，現在該稱呼劉舉人了，可真是倒楣啊，才中了舉人，家裡的娘子就意外沒了。」

「這算是倒楣嗎？說不定隔天就能再娶個美嬌娘呢！」

「也有可能。我聽說啊，就是那甜水村的村花，這兩日頻繁地出入劉家呢！那劉舉人的娘親每次看到那村花沈秀娥，臉上都笑成了一朵花。要我說，等一出了孝期，怕是劉家就要辦喜事了。」

「竟然有這等事情。不過，舉人老爺前面那個娘子是怎麼意外沒的呀？」

「聽說是回鄉途中不幸落水而亡，屍首都找不到，也是可憐的。真是沒有福氣，這眼看著以後就是榮華富貴，偏偏就沒命了。」

「聽說那舉人老爺都不肯為小娘子辦喪事，覺得晦氣。據說對方亡故的那日就是鄉試的日子，實在是太過晦氣了，還是劉家人看不過去，作主給簡單辦了個喪事，立了個衣冠塚。」

「那甜水村的沈秀娥和劉舉人小時候還有過一段情緣呢，據說小時候，劉舉人不小心掉進了一個獵戶的陷阱裡，還是那沈秀娥路過看見了，叫了大人才救起來的。否則哪裡還有如今的劉舉人，怕是那個時候小命就沒了。」

林悠悠驚愕地睜大眼睛，不敢相信這些。劉彥會嫌棄她晦氣嗎？

她的腦海裡滿是少年郎溫柔的眉眼，路途中，絞盡腦汁給她講故事、講風土人情各種趣事，會給她買各種零食。還有，臨走的時候，用力地抱了她，說要她等他回來。

那個少年郎，會是那般薄倖無情的人嗎？不，她不信的。

林悠悠起身回房間，不想再聽那些話了。

她起身後，那桌子頓時有個人好奇道：「剛才那桌單獨吃飯的女人是誰？戴著面紗，在這鎮上真是少見。」

「不認得。」

「不過，好端端地戴著面紗，總覺得有什麼見不得人的事情。」

本來是想要好好休息一晚，第二日以最好的狀態回去的，可是林悠悠到底受了影響，一個晚上光作噩夢，等到早上醒來，臉色很是難看，精神也差了一些。

打起精神吃了早飯，她便租了馬車往梨花村而去。不知道為何，快到梨花村的時候，林悠悠卻是下了車，付錢讓馬車先行離開，自己則是慢慢走過去。

到了村口，她停了腳步，將面上的白紗遮得更好一些，頭髮也放了下來，一副未嫁姑娘的模樣。這樣一弄，不熟悉的人還真看不出來，就算是熟悉的，怕是一下子也認不出來。

林悠悠慢慢進了村子。村子裡倒是安靜得很，最近正是秋收，村民們一大早就下地幹活了，家裡就剩下老人孩子，大多數人忙著操持家務，餵雞餵鴨餵豬、洗洗刷刷的。路上就零星幾個人，看到林悠悠也不覺得奇怪，因為自從劉彥中了舉人又喪偶後，就很多人過來拜訪。

一種是想要結交劉彥，一種是想要和劉彥結親，反正來的人不少，他們已經見怪不怪了。

林悠悠一路走到劉家，就聽到裡面挺熱鬧的，不時有笑聲傳出。她腳步一轉，就繞到了後面去。她知道旁邊有個地方視野正好，可以看到堂屋裡的情形。

她走到了那處籬笆牆往裡面看去，就看到堂屋裡坐了好些人，是鄭氏和三房夫妻兩個，劉彥不在。屋裡還有一個她沒見過的妙齡少女，生得端莊秀麗，嘴角含笑地坐在那裡，不時說上一句話。

她看到鄭氏不時看著少女，一副很滿意的樣子。三房的苗氏嘴巴不停地動著，在那裡眉飛色舞地說著什麼。

氣氛真好啊……

那少女是不是就是昨日客棧裡聽說的沈秀娥？所以現在，是要讓劉彥報恩，以身相許嗎？

這樣，似乎也很好。那少女看著就很溫婉，鄭氏看著就很滿意，三房的苗氏也很喜歡的樣子。

如果是那少女的話，應該會和公婆相處得很好，也會和妯娌處得很好，應該也會將劉彥照顧得很好，給劉彥生很多孩子吧……

林悠悠不再看了，轉身去了後院，從後門小心地翻了進去，悄悄摸到了劉彥的房間。後院靜悄悄的，劉彥房間裡也沒有動靜，不知道是不是還在睡覺。

站在窗戶底下，她往半開的窗戶看進去，就看到劉彥坐在床上，手上拿著一本書在看，眉目沈靜。

林悠悠沒在對方臉上看到悲傷，心裡酸酸澀澀的。她覺得自己此刻應該轉身就走的，但又忍不住多看一眼，再多看一眼。

此刻若是離開了，以後不知道是否還有見面的機會。

林悠悠貪戀地看著的時候，忽然聽到有腳步聲，連忙躲了起來。

很快就看到鄭氏走了過來，站在房間門口，對著裡面的劉彥說話。

「老四，秀娥過來了。她做了香椿餅，你不是愛吃這個嗎？出來吃一點吧！」

裡面沒有動靜。

鄭氏繼續說道：「秀娥小時候還救過你呢。」

裡面依舊沒有動靜。

鄭氏嘆了一口氣，道：「你不看僧面也看佛面啊，秀娥算起來也是你表妹呢！」

這話似乎是觸動了劉彥，他竟然打開了房門。

他眉目依然沈靜，比起第一次見的時候，似乎多了成熟味道，再不是曾經的少年郎，而是一個男人了。

劉彥打開房門，正好沈秀娥也走到了院子裡，看著劉彥羞澀一笑。

劉彥就走到對方身邊。「我們出去走走，我有事要問妳。」

話落，他就大步走了，沈秀娥連忙跟上。兩個人很快出了院子，身影逐漸消失在梨花村如詩如畫的美景裡。

看著兩人很是般配，郎才女貌呢。

林悠悠依舊躲在暗處，直到身子麻了，這才悄悄出去，然後深一腳淺一腳地離開了梨花村。

第四十四章

回到客棧，冷靜了一些，林悠悠就找人打探消息。

和前日聽到的差不多，劉家要辦喪事，劉彥卻是死活不肯，最後劉家是瞞著劉彥偷偷辦的，立了個衣冠塚。

而寶珠也被家人找到，據說是極富貴的人家，當時來了十幾輛馬車，僕從如雲。寶珠帶著黑丫回家了，這裡就剩下陳招娣和余伯。

林悠悠想到陳招娣和余伯的時候，頓時覺得慶幸，當時將銀票給陳招娣的時候，也將三人的賣身契夾在其中。

此時正好，既有銀子又有了自由身，如果這裡不合適的話，可以去其他地方，一樣能夠安身立命。

她記得寶珠說過，雖然不記得以前的事了，但記得有疼愛自己的娘親和三個哥哥。那就不會錯了，以後日子肯定會好的。

林悠悠覺得一切都很好，她也要離開了。但在走之前，她想要最後去看一眼余伯和陳招娣。

於是，趁著快傍晚的時候，她又回了梨花村。

她正準備往劉家走，恰好看見陳招娣和余伯拎著一個籃子從宅子裡出來，往一條路而去。林悠悠悄悄跟隨在後，不一會兒就上了山。

到了一塊墓碑前，她悄悄靠過去，在離得最近的一處草叢中藏好。透過縫隙，她可以看到墓碑上刻著的字，竟然是自己的名字。這就是她的衣冠塚。

那瞬間，林悠悠頓時有幾分恍惚。

她在這裡的這個身分，真的已經沒了，以後，她就是全新的自己了。

而那邊，陳招娣和余伯先是將周圍打掃了一遍，然後上了貢品、燒了紙錢，陳招娣就開始絮絮叨叨說起近況。

「夫人放心，大家都很好。寶珠找到家人，恢復了記憶，想起自己是誰了。這也是因為夫人……寶珠知道夫人沒了，大受刺激，一下子想起所有的事情。夫人肯定想不到寶珠的身分，她竟然是郡主！當今陛下的親外甥女、長公主的掌上明珠榮華郡主。長公主以為失去寶珠，所以身子不好，不能長途跋涉，否則怕是要親自來接寶珠回家的。但是寶珠的三個哥哥都來了，個個都是大人物。

「而寶珠跟黑丫感情很好，也將她帶走了。寶珠原本也想要將我和余伯帶走的，但是我們兩個已經住慣了這個小地方，適應不了大地方，尤其是京城那樣的地方，就沒有去了。夫人，以後我和余伯守著，就留在這個山清水秀的地方，也很好。」

不知不覺，林悠悠已經淚流滿面。她伸手擦了擦眼淚，深深看了看陳招娣和余伯一眼，然後轉過身，頭也不回地離開了。

在她離開後，陳招娣又絮絮叨叨說起了其他事情來。

「夫人可別怪老爺，老爺真的很看重夫人，根本不是外面說的，說什麼不喜歡夫人，不辦喪事。老爺那是因為不接受夫人已經不在了的事實，不讓人辦喪事。

「得到夫人去了的消息後，老爺將自己關在房間裡七天七夜不吃不喝，是老太爺和老夫人哭著求他別傷害自己，否則他們也不活了，老爺這才消停。老太爺和老夫人覺得這樣不行，不能讓夫人在下面做孤魂野鬼，所以瞞著老爺偷偷辦了喪事。畢竟打從夫人走後，老爺就跟丟了魂一樣，整日將自己關著，哪裡會知道旁邊發生了什麼事情？

「還有外面傳的老爺要娶那個什麼甜水村的沈秀娥，也是無稽之談。老爺之所以會理那個沈秀娥，還是沾了夫人的光。因為那沈秀娥是夫人娘親表姊的女兒，也算是夫人的表妹。那沈秀娥說要跟老爺說夫人小時候的事，老爺才會同她說話的。

「不過那個沈秀娥今天沒來了。昨天，她被老爺趕出劉家，因為她再也說不出關於夫人小時候的事情，老爺都聽過了、知道了。所以，那沈秀娥沒了用處，就被老爺趕出去了。老爺一動怒，沒有任何人敢說旁的話。夫人別怪老爺，老爺真的太苦了，就靠著一點點回憶熬著啊……」

但這一切，林悠悠並未聽見。

五年後——

去京城的官道上，一列車隊行駛著，總共五輛馬車，居中的是輛裝飾頗為講究的馬車，裡面坐著兩個人。

一個是雙十年華的女子，眉目溫柔，氣質沈靜溫婉。一個是圓臉盤子，皮膚白皙、身子微胖的老婦人，看著年紀略有點大。

此刻，兩人正在說話。

「苗苗，待會兒午時就能進京了。妳爺爺慣是重男輕女的，到時候妳就緊緊跟著娘，不用擔心，娘會護著妳的。」

「嗯，女兒知道的。」

這名女子不是別人，正是林悠悠，而婦人則是楊春花了。

五年前，她從梨花村離開，也無處可去，想到還欠著江永壽和楊春花的恩情，就又回了白雲鎮，找到了江家。

當時江家正遇到困難，自家生意慘澹，被對面新開的飯館擠對得要開不下去了，林悠悠就住了下來，幫著江家做吃食。

有了林悠悠，江家的小飯館生意就漸漸起來了。而林悠悠和老倆口也處得不錯，自己不知道去哪裡，就乾脆留了下來。

待了半年後，江永壽就提議要認林悠悠為乾女兒。她也覺得挺好，兩個老人老無所依，對她有救命之恩，那她就做他們的女兒吧。

而楊春花自始至終都以為林悠悠是自己的親生女兒江苗苗，林悠悠和江永壽也沒有糾正她，對方開心就好。

因為有了林悠悠，楊春花心情好了，加上吃得好，林悠悠又注意給她調理身體，楊春花倒是顯得更年輕了一些，頭髮都變黑了許多。江永壽也差不多，跟吃了回春藥一般。

這五年時間，林悠悠將江家的江記開到了京城裡，賺了不說金山銀山，反正是不缺錢花了。

這次來京城，是因為江家的老爺子，也就是江永壽的父親七十大壽，寫了信讓江永壽務必要回來見一面，否則這次見不到，只能等到死了。

江永壽當年和江家鬧得很凶，是斷絕了關係的。但是這麼多年過去了，江永壽還是想著家裡的，看著老父親的信，忍不住老淚縱橫，就決定回來一趟，這才有了這一行。

馬往前行駛，林悠悠掀開簾子往外看去，碧綠青蔥，鳥語花香，她的指尖忍不住微微用力，簾子微微有了幾分摺痕。她心下忍不住想著，那個人是不是如書中一般，已經連中六元，驚豔天下，成為了風流倜儻的狀元郎？

而按照時間算，兩年前他就該和清華郡主完婚，那麼現在，也許已經有孩子了吧？

這五年來，林悠悠從不去打探關於那人的消息，因此對於他是一無所知的。

在林悠悠的緊張期待中，馬車終於到了京城。

經過城門口嚴格的檢查，馬車入了城門，早就等在城門口的一個小廝立刻小跑過來。

「老爺、夫人、小姐，可是到了。」

「小六子呀！」江永壽先下了馬車，笑著和小六子招呼了一下。

江家有了銀錢，就到處置辦宅院，在風景秀麗的江南蘇州也有宅子。這樣以後去哪裡散心遊玩，就都有地方住。京城也不例外，收到江老太爺的信，決定來京城後，就打發了人先過來置辦宅院，安頓好了。

小六子就引著大家去了京城的宅院，京城寸土寸金，不說錢夠不夠，就算有錢，也不是想買哪裡就買哪裡的。所以他們只是在南街買了一個三進的小宅子，但也就一家三口，很夠了。裡面也是有假山流水、花木蔥蘢，很是不錯。

進了宅子，早有人做好了熱飯熱菜，端了上來。三人吃過飯菜，就去沐浴洗漱了。

這一路風塵僕僕的，可是煎熬得很。

洗漱完，林悠悠又睡了一覺，到了下半晌醒過來，江記的掌櫃就過來了。

江家在全國各地總共開了八家飯館，都叫江記，開得很是紅火。而京城的江記開了一年多，如今生意很是穩定，日進斗金也是差不多了。

江家的產業都是林悠悠一手做起來的，江永壽也說這些都是林悠悠的，帳目和銀錢都交給林悠悠來管。

林悠悠坐在堂屋裡，讓掌櫃將帳本拿過來，她就在這邊看。

掌櫃的誠惶誠恐地坐下，有丫鬟上了茶水點心，掌櫃的這才端了茶水，慢慢喝著，但面上神色依舊認真，不敢有絲毫怠慢。這個小姐看著臉嫩，實際上手段卻是凌厲得很。上次在京城江記的那個掌櫃偷偷拿回扣，被小姐看了出來，直接就送了官府。

所以，掌櫃的可不敢拿自己來開玩笑。而且小姐雖然手段凌厲，但是對手下也很大方，每年的年終分紅都很豐厚。

林悠悠翻了翻帳本，花了小半個時辰看完，確實沒有問題，就對掌櫃的嘉獎一番，讓他再接再厲，等到年底少不了獎勵的。掌櫃的這就高興地回去了。

林悠悠起身伸了伸懶腰，去了花廳。那裡，江永壽和楊春花正坐著說話呢。兩人看到林悠悠過來，忙笑著招呼。「苗苗，過來。」

林悠悠就在楊春花身邊坐下，楊春花推了一個湯盅過去。「這是娘中午熬的銀耳蓮子湯，妳喝一些。」

林悠悠拿了調羹慢慢喝了起來，一邊聽江永壽和楊春花說話。

江永壽搓著手說道：「我們這邊已經進了京城，明日就回祖宅去吧！」

楊春花面上神色就不是很好看了。「當年就是斷了關係的，說老死不相往來。當初他們可是將你這個長子趕出家門，一分錢也沒給，完全不顧我們死活。如今卻又將我們喊回來給他祝壽，真的是人老了，良心發現嗎？」

說起當年的事情，江永壽也有些氣短。但這麼多年過去了，他還是記掛著親爹的。

楊春花也就說說罷了，還是心疼自家老頭子，就道：「明日一早我跟苗苗出去置辦一些禮物，然後上午回祖宅拜訪吧！」

「嗯。」江永壽點了點頭，對於明日回祖宅，心裡也有些七上八下的。既是期待，又擔心那邊會出什麼么蛾子。

而一邊的林悠悠就安心吃著甜湯，當一個吃瓜群眾。

對於老倆口和祖宅的恩怨，林悠悠覺得可以寫上一本苦情戲了。

江永壽和楊春花青梅竹馬，後來在兩家長輩的撮合下喜結連理。結果，兩人成婚一年後，江永壽的親娘就得病去了，親爹沒半年就娶了個年輕的小嬌娘，繼室和楊春花同齡。很不巧的是，那繼室和楊春花還同時懷孕了，又同時流產。那繼室誣陷說是楊春花害的，江永壽的爹也就信了，大怒之下和江永壽斷絕了關係，將江永壽夫妻趕出了家門。

這都是三十年前的事情了。

次日，林悠悠早上和楊春花一起出門買了一些禮物，就回來準備和江永壽一起回祖宅。

楊春花想著要換上最貴重的一身衣服和頭面，好殺一殺祖宅那些人的威風。

但林悠悠卻覺得無須如此。「娘，我們還是穿得窮酸一些，先看看什麼情況再說。反正，我們知道自己內裡有就好了。」

楊春花一聽，也覺得有道理，別待會兒被祖宅給纏上，那就不好了。

於是，楊春花趕忙回了房間找衣服，可是找半天都沒找到合適的。最後，楊春花找了最普通素淨的一套衣裳，又拿了針線在上面縫製了幾個補丁，這才滿意地點頭。

衣服換好了，頭上也不戴任何頭面，只是簪了一根素銀簪子。

「好了，我們出發吧。」

林悠悠和江永壽看著楊春花一副用力過猛的樣子，只能無奈地對視一眼。

幾人挑了一輛最簡樸的馬車，就往江家老宅而去。

江家老宅也在南街，只是在更繁華的地帶，宅子也更大更氣派。馬車行了一盞茶的功夫就到了。

馬車在門口停下，林悠悠正要掀開簾子往外看的時候，就聽到旁邊恰好也有車子到了。

「老爺到了。」

「嗯。」

雖然只有淡淡的一個字，但她還是聽出來了，這是劉彥的聲音。

第四十五章

林悠悠的手頓時就放下了，一顆心跳得飛快。

是劉彥！他就在旁邊，離她那麼近，近到只要掀開簾子就能看到，只要跳下馬車，就能碰到。

但她卻猶豫了起來，轉過身去，靠在馬車車廂上，不敢面對。

五年過去了，他們再不是曾經朝夕相處的兩個人了。對方應該已經成親，娶了清華郡主了吧？

書中說清華郡主才貌雙全、家世清貴，是京城的第一貴女，和劉彥這個年輕的權臣非常般配，簡直是天造地設的一對。

想到那些，想到劉彥已經有了妻子，並且和對方恩愛纏綿，她的一顆心就酸澀不已。

「苗苗，怎麼了？」

一邊的楊春花見林悠悠面色青白交加，忙關心地問道。

林悠悠搖了搖頭。「沒事，可能是天氣熱了，有些悶吧。」

見她沒事，楊春花才放下心來，也沒多想。因為天氣確實很熱，這樣熱的天氣，若是待在家裡，還涼快點。這會兒出門自然是受罪的，有些難受也是正常。

這般想著，楊春花對於老宅的不喜就更厲害了。

當初將他們趕出家門的事情，她一輩子都記得，如今老了，倒是想起父子之情了。世上哪有那麼便宜的事，不管自家老頭子怎麼樣，反正她楊春花是不答應的。若是對方想要打什麼不好的主意，她可是沒有顧忌。

江永壽已經下了馬車，見了管家。還是當年的管家，如今已經白髮蒼蒼，看到江永壽也很是激動高興，連連說好，說老太爺見到了一定會很高興，就讓人引了進去。

其實，江家老太爺的壽辰是明日，江家卻是連擺三日的宴席。關係要好親近的可以提前過來住下，連著在這裡住三日。

江家是商戶，靠做酒樓起家的，酒樓生意做了三代，因此家裡還是頗有底蘊。在京城這樣寸土寸金的地方，就有兩、三家大酒樓，其他地方更是有不少分店。別的產業也略微有所涉獵，算是家大業大了。

因為是商戶，所以來往的也都是商戶人家。

江家這樣的商戶在京城實在不值一提，既不是皇商，也不是豪富，但誰讓江家不知道走了什麼運，去年攀上了劉相爺，而且劉相爺還就住在江家隔壁。

至於劉相爺，此人也是個傳奇，四年前中了狀元，然後一路連連跳級升官，上個月直接入閣拜相。

如今有傳言，劉相爺對江家女兒青眼有加，怕是有意結親，經常讓人來請江家小姐過府一敘。要知道劉相爺素來不近女色，多少名門貴女示好都被無情拒絕，卻獨獨對江家小姐這樣特別，怕是喜歡得緊了。

若江家真的和劉相爺結親，出個相爺夫人，那可就了不得了。因此江家老太爺辦壽辰，來的人格外多，不少是衝著隔壁的劉相爺來的。

江永壽被引到了大堂那邊，而楊春花和林悠悠則是被引入後院女眷那邊。

江永壽自然被帶去見老太爺了。老爺子如今年紀大了，身體不太好，就開始想起這個兒子來了。不知道是不是年紀大了，怕沒多少日子，就想著子孫要齊齊整整的。

而江永壽呢，也因為年紀大了，過往的那些事情似乎放下了，也想著和老父親能夠好好的。

所以，正堂這邊，父子兩個見面，倒是一派感人。父子執手，淚眼相望，一起坐下訴說思念之情，倒是其樂融融。

後院那邊，楊春花和林悠悠被引著到了花廳。

這邊是以江永壽的繼母姚氏為主，就見一個和楊春花差不多年紀的婦人坐在主位，身上穿著暗色衣服，看著很是莊重。

姚氏其實是不想江永壽這一家子回來的，她覺得老太爺是老糊塗了，早就斷了關係的人，都過去三十年了，這下倒是想兒子。但老太爺主意大著，他決定的事情她說再多也沒用，說多了，反而讓他厭煩。

但要她給對方好臉色也不可能。小女兒江瑤瑤如今可是劉相爺的座上賓，說不定明日就是相爺夫人了，所以腰桿子硬著呢，不用捧著江永壽一家子。

這下，楊春花和林悠悠二人進來，姚氏眼神都沒多給一個。

楊春花可不是三十年前那個溫順性子了，經過三十年的市井摸爬滾打，如今她潑辣得很，就是江永壽都說不過她，她還會怕姚氏？

楊春花旁若無人地牽著林悠悠，自己找了個好位子坐下，也不理會姚氏，自顧自和林悠悠說話。

「苗苗啊，這花廳和當年差不多，不過肯定修繕過了，不然也不會看著這麼新了。上面坐著的那個人，就是妳繼奶奶了，一個小商戶出來的庶女，不然也不會肯給一個和她爹一樣大的男人做填房了。不過吧，這也沒什麼，妳看人家也風光的樣子，坐在那裡笑得還很開心。」

楊春花的聲音不大不小，語氣跟話家常一樣，周圍的人，該聽到的都聽到了。

反正，楊春花說完，整個花廳就安靜下來了。大家的目光忍不住有意無意看向坐在上首的姚氏。

姚氏此刻面色簡直是不能更難看了。她本來想要晾一晾楊春花和林悠悠的，給對方一個下馬威，誰知道對方絲毫不怕，讓她在大庭廣眾之下丟了這麼大一個臉。

姚氏身邊坐了一個身著青色衣裳的妙齡少女，生得倒是神清骨秀，頗為貌美。她忙伸手給姚氏順氣，讓姚氏別氣出個好歹來。

「娘，別氣，免得傷了身子，讓別人看了笑話。」

姚氏聽了江瑤瑤的安慰，那股憤怒倒是散去了不少。看著江瑤瑤，再看楊春花身邊的林悠悠，頓時覺得優越滿滿。

不論是儀態還是容貌，江瑤瑤都強過楊春花的女兒江苗苗，這就夠了。

「哦，原來是永壽家的來了啊？妳也不吱一聲，我都不知道妳來了。」

「我和我家苗苗這麼大的兩個活人從門口走進來，妳都眼瞎沒看到，還怪我沒吱一聲。不過，我也不介意，所以我剛才就吱一聲了，這不，妳就知道我們娘兒倆來了。」

語畢，姚氏差點沒被氣死。

這個楊春花如今可不是當年那個嫻靜溫柔的小娘子，而是什麼話都說。自己如今端著身分，倒是不好和對方對罵起來。

不過，自己不能，自然有能的人。

姚氏眼睛掃了掃，就有個老婦人出聲了。

「永壽家的，妳這年紀大了，話都不會講了，江家的臉面都被妳丟光了。」

說話的是江永壽的大姑，輩分擺在那裡，楊春花到底顧忌一二。

她嘴角撇了撇。算了，不和對方一般見識，反正自己是高興了。便隨意應道：「好了，今日可是好日子，就別再說掃興的話了。」

這下，倒是這般深明大義起來。姚氏只能忍下了，江大姑也不好繼續說，免得楊春花這個混不吝的繼續鬧下去，沒辦法收場。

不過，效果是達到了，原本姚氏準備好好刁難一番楊春花和林悠悠的，這會兒都得掂量掂量，畢竟穿鞋的就怕光腳的。

楊春花拿了桌上的糕點給林悠悠。「苗苗，妳吃啊，離開席可能還要一會兒呢，這糕點看著還滿精緻的。」

林悠悠也嘗了嘗，味道還不錯，不愧是京城。

正在這時候，有個穿著黃色衣裳的小姑娘跑了過來，雙眼亮晶晶地看著楊春花和林悠悠。

「舅婆，苗苗姨。」黃衣小姑娘甜甜地打招呼。

楊春花仔細看了看那個小姑娘，然後道：「妳是蕙娘的孫女？」

「對啊。」

江蕙娘是江永壽的親姊姊，如今對方的孫女都這麼大了。江蕙娘對楊春花還是很好的，當時更是時常回來開導勸慰楊春花，斷絕關係的時候，更是要接小倆口去住。所以，看到這小姑娘，楊春花還是心生親近。

「妳叫什麼名字啊？」

「我叫徐桑桑。」

「桑桑啊，真是乖，來，這是舅婆給妳的見面禮。」

楊春花從手上摘了一個玉鐲子。這個還是因為當時被袖子擋住，忘記摘了，此下倒是正好拿來做個見面禮。

「謝謝舅婆。」徐桑桑開心地接下了。

徐桑桑是個活潑開朗的小丫頭，巴拉巴拉地說著話，介紹在場的人。

突然，她小聲湊近，說道：「妳們知道那劉相爺經常請江瑤瑤去府上做什麼嗎？」

嗯？林悠悠頓時全部心神都提了起來。

她確實想知道，劉彥總叫一個未婚的貌美閨秀去府裡幹什麼？

按時間來算的話，劉彥現在應該已經和清華郡主成親三載，孩子都應該有兩個了。她記得書中說清華郡主極有福氣，三年抱兩，一下子兒女雙全了。在這樣的情況下，劉彥還經常招未婚的閨秀去府中，他竟然是這樣一個渣男嗎？

徐桑桑看到林悠悠面上神色不是很好，就停了話頭，關切問道：「苗苗姨，沒事吧？」

「我沒事。對了，妳快說，那劉相爺已經有妻子孩子了，為什麼還經常招一個未婚的貌美閨秀去府上？」

這話落下，徐桑桑就以一種極為詭異的目光看著林悠悠，直將她看得渾身發毛。

「怎麼了？我身上有什麼不妥嗎？」

徐桑桑瞪大了眼睛道：「劉相爺還未成親，哪裡來的妻子孩子啊？」

「啥？他不是和清華郡主成親了嗎？」

徐桑桑更納悶了。「清華郡主是誰？」

這下輪到林悠悠納悶了。徐桑桑怎麼會連清華郡主都不認識？她記得書中寫過，清華郡主蕙質蘭心、清麗絕倫，是京城第一貴女、京城男子的夢中情人，徐桑桑怎麼會不知道？看她這個樣子，也不像是那等啥也不知道的深閨小姐啊！

「妳是說劉相爺沒成過親？」

「是啊。」

得了這樣的答案，林悠悠心裡頓時像是打翻了五味瓶一樣，複雜得很。不知道是酸澀還是甜蜜，還是慶幸。反正，知道劉彥沒有妻子孩子的時候，她還是忍不住有點高興。

但很快又覺得自己這樣實在是不應該，說好了放手，各自天涯安好的……

徐桑桑想到林悠悠才來京城不到兩日，對這些事情不太了解也是應該的，遂簡單將劉相爺的事情說了一遍。

不外乎就是劉彥從連中六元，成了名動天下的狀元郎，再到一路屢建奇功，入閣拜相，成了史上最年輕的相爺首輔。

而和其傳奇一般的官途一樣令人津津樂道的是感情，他對於那些高門貴女從來不假辭色，半點不近女色，甚至有人暗暗猜測他是否是有龍陽之好。當然，也有人猜測是不是因為被原配害的。

據說，原配死的那日，正是劉相爺鄉試的日子，人人都說劉相爺嫌晦氣，影響仕途，一直恨著原配，恨到當初不肯為對方辦喪事，還是劉家人偷偷辦的。

但這樣的劉相爺卻對江家的小姐很特別，時常請對方到府中。

更有人說劉相爺放著好好的大宅子不住，搬到江家旁邊的這個小破落宅子，也是因為心悅江家小姐。這不，搬到這裡後，不就近水樓臺先得月，時常請人過府，怕是離婚期也不遠了。

林悠悠頓時咬牙，說不出話來。

「江瑤瑤和劉相爺倒是登對。」

郎才女貌的，很是登對。林悠悠讓自己理智地想著。

而徐桑桑卻是神秘一笑，笑得一雙眼睛彎彎如同月牙，神情帶著狡黠。

「因為傳得那樣離奇，而我又一向看不慣江瑤瑤，所以我有次就偷偷跟著去看了。妳猜我看到了什麼？」

「看到了什麼？」看到劉彥和江瑤瑤情難自禁嗎？

「每次都是劉府的老管家過來請人的，人是從角門請進去，然後就帶到了院子裡的瓜田邊。」說到這裡，似乎想到了什麼特別好笑的事情，徐桑桑又停頓了一下，一副強忍笑意的樣子。

林悠悠一雙眼睛就看著徐桑桑，等著對方繼續說下去。

徐桑桑這才繼續說道：「原來是劉府的後院裡種了一片番瓜，而最近那番瓜的葉子不知怎的都發黃了，就請了江瑤瑤去看看。然後江瑤瑤真就蹲在那裡老老實實看著。可惜一個閨閣小姐哪裡能看出什麼，她裝模作樣地蹲在那裡檢查了一番，然後就說要回去想一想。等回了家，江瑤瑤連忙去找姚氏，讓姚氏趕緊將娘家那個番外的瓜農喊來，不然她這邊沒辦法給劉府的管家交代。」

林悠悠有點懵，沒反應過來。「所以，劉相爺請江瑤瑤過去，不是什麼兒女情長，而是為了讓對方看看番瓜的問題？」

「對啊。」徐桑桑笑嘻嘻地說著，覺得可真是太好玩了。「有次，我來府上玩的時候，剛好碰到那姚氏和江瑤瑤吵架，我就躲起來聽。她們母女就為了這件事情吵呢，從她們的話裡，我猜出了事情的大致經過和原因，差點沒笑死。原來先是那劉相爺買下了隔壁的宅子，而姚氏和隔壁原先的女主人頗有交情，就打聽清楚，劉相爺之所以會買下那個宅子，是因為那宅子的後院種了一片番瓜，才被劉相爺看中的。也許是劉相爺很愛吃番瓜，所以才買了那個宅子？」徐桑桑說到一半還猜測一下。

「劉相爺住在隔壁，姚氏就讓人經常盯著。有一次發現隔壁的管家帶著人進進出出的，一打聽才知道那後院的番瓜出了點問題，正到處找人救活呢！姚氏娘家是小商戶，做的就是南貨北賣的生意。因為走南闖北的，也認識不少各地人，正好家裡還有一個番外的園丁。

「這下可是讓姚氏看到了機會。江瑤瑤就去了劉家將番瓜的情況記下來，回來描述給那個園丁，再去劉府救治番瓜。所以，外面傳的什麼劉相爺對江瑤瑤情有獨鍾，全是胡扯。實際上，江瑤瑤根本沒見過劉相爺，一直都是和管家打交道的，而且江瑤瑤根本沒進過劉府的前院，妳說好笑不好笑？」

反正徐桑桑想了想就覺得很好笑，又抱著肚子笑了一下。

林悠悠卻不覺得好笑。她想著，劉彥並不愛吃甜的東西，不管是點心還是水果。那次，她記得劉彥也是不愛吃西瓜的。

而現在，他竟然種了一片番瓜……其中的意思，她不敢多想。

接下來，林悠悠都有些提不起興致來，所以都是徐桑桑在逗楊春花高興，林悠悠在一邊偶爾應幾聲。

等到開席，林悠悠也沒怎麼吃。

宴席結束，楊春花就帶著她回去了，姚氏也不挽留，巴不得永遠不見楊春花才好。

而那邊，江永壽則是要留下來，楊春花也隨便他。她有女萬事足，一個糟老頭子愛留哪裡留哪裡。

母女兩個就回去了。晚上林悠悠也沒怎麼吃，楊春花自然是要問的，林悠悠就隨口說可能是因為水土不服，明天就好了。

楊春花見她就是沒什麼胃口，其他的也還好，就讓林悠悠早點睡。

林悠悠卻是睡不著，在床上輾轉反側。

已經過去五年了，原本以為自己已經心如止水了，但是今天才發現並沒有，只是將思念和感情都放在了心底最深處，平日裡珍藏著。

這一來到京城，才一靠近對方，一顆心就蠢蠢欲動了。

林悠悠也不知道是怎麼睡過去的，第二日醒來的時候，氣色很差。但今日是江家老爺子壽辰的正日子，肯定是要去的。林悠悠想著，反正晚點過去吃個飯就回來，也沒什麼影響。

江永壽昨晚就沒回來，因此快到中午的時候，楊春花帶著林悠悠，坐了馬車到江家。

今日的江家人更多了，兩人到的時候，大家準備入座，正好也不用聽旁邊的人囉嗦，直接吃飯就是，吃好就可以回去了。

今日的飯菜很是不錯，據說是請御廚的徒弟做的菜，一道道做得色香味俱全。林悠悠吃著也覺得不錯，倒是難得有了點胃口。

楊春花看到她有了胃口，一顆心這才放了下來，也覺得今日是該過來，這菜色確實不錯。

女眷這邊都是喝一些果子酒，說會兒話，宴席很快就結束了。雖然是擺在水榭邊，但還是有些熱的，姚氏就讓大家去花廳坐著，那裡有冰盆，再讓人上了甜點糖水。

大家紛紛開始離席，林悠悠卻是不想去。昨天晚上沒睡好，她就想回去補眠。

於是，母女兩個也跟著離席，準備直接走了。

誰知道就在這個時候，傳來了一聲尖叫。「啊！殺人了！」

這一聲，讓這邊的女眷都嚇了一跳。

然後有人大喝。「立刻關門，誰都不准離開！」

第四十六章

林悠悠本來都打算要回去了，誰知道宴會上卻出了人命，這下所有人都被留下了。死的是個富商的母親，那富商極為孝順，當即就大鬧不止，讓所有人都不能離開。

遇到這樣的事情，江家也是懵的，完全沒有經驗，一時間也覺得對方說得有理，不能讓人離開，否則待會兒把凶手放走了，可如何是好。

於是，江家老太爺就讓人將所有的門都給守住，客人暫時不能離開，也讓人去報官。

參加宴會的人雖然沒有什麼特別富貴的人物，但也不是無名無姓的小人物，而且能夠在京城裡混到這樣的程度，也是有點關係的，當即鬧騰了起來，要求離開。

吃飯的時候，林悠悠和楊春花是和江蕙娘坐一桌的。這個大姑確實是個好的，很是關心她們，也看得出來情真意切。楊春花以前還在老宅的時候，就和這個大姑姊感情不錯，如今重逢，也覺得應該再重拾關係，重新走動起來。

徐桑桑也是坐在兩人旁邊，剛才出事的時候，她就悄悄跑走了，說是要去打探情況。這會兒，已經悄悄回來了。

林悠悠也挺好奇的，忙招了招手，讓徐桑桑坐回來。徐桑桑就坐到了她旁邊，面上還一副心有餘悸的樣子，小聲道：「可是不得了，真的出了人命！」

「具體是個什麼情況？」

這還挺嚇人的，參加個壽宴還死了人，不知道江老太爺是什麼感受，反正她聽著都覺得怪嚇人的。

徐桑桑就將自己打聽到的情況說了。「我有個小姊妹恰好坐在事發的那一桌旁邊，是那裡的一個老太太中毒死了。那個老太太我也認識，是王家的老太太，家裡是做綢緞生意的。這不是女眷這邊結束得快，老人家更容易累，也就準備先離開了。離開前，老太太喝了口水才起身，誰知道一口黑血吐出來，人就沒了。

「那王家老爺可是個大孝子，為了娘親，像是什麼彩衣娛親、臥冰求鯉都幹過。看著老娘突然暴斃，當時就跟發了瘋一樣，讓江家一定要給個說法，才會一個人都不許出去。」

林悠悠也不勝唏噓。「那有線索了嗎？」她小聲問道。

也不知道是誰這樣喪心病狂，竟然在人家壽宴上動手，毒害一個老人家。

為啥說是毒害？因為人在前一刻好好的，下一刻吐黑血而氣絕身亡，這不就是中毒的跡象嗎？

說起這個，徐桑桑頓時又說了起來。「那王家老爺和江家老爺懷疑是做飯的廚子呢。廚子是御廚的徒弟，也是有一定的身分，反正在京城就是這樣，沒有一個人是能隨便招惹的，說不定人家身後就有什麼勢力盤著了。不過，這會兒官差應該要來了。如今確定不了結果，怕是相干人等都要被帶到府衙去。那個廚子還有那一桌子的人，都是要被帶走的。」

林悠悠聽著，覺得有理。

果然，兩人說了一會兒話，那邊鬧騰得厲害，還沒鬧出一個結果的時候，府衙的人就過來了。

京城府尹是個四十多歲的中年男子，眉目凌厲，看著不是很好惹的樣子，此番竟然親自來了。

先是問了王老爺和江老太爺，然後決定要將此次壽宴的所有廚子都押走，包括那個主廚。主廚雖然是御廚的徒弟，但御廚早兩年就退了，退前也不是個厲害的，沒什麼名聲。

這些事情，錢有桐都查清楚了，畢竟能夠安安穩穩坐在京城府尹這個位置，消息自然是都要握著的。不然這京城重地，隨便一個人都有可能是皇親國戚，或者和皇親國戚有著千絲萬縷的關係，一個不小心，不是掉烏紗帽就是掉腦袋的事情。

京城府尹一來，了解完情況，就讓下面的人去拿人了，並將現場保護了起來，暫時要封著。至於其他不相干的人，等京城府尹帶人離開後，方可離開。

這會兒，林悠悠就是看個熱鬧。

遠處依舊有嘈雜聲傳來，不時還有哭聲傳來。徐桑桑就在一邊解釋道：「那是王老爺的妻子王太太，也是個孝順的兒媳，王老夫人嘴裡時常誇著的。這次親眼看到王老夫人在眼前沒了，哭得跟個什麼似的，臉上的妝容花了，聲音也啞了，還是跪在王老夫人身子前面，任憑旁邊的人怎麼勸說，都不肯動。」

「這倒是個好的。」楊春花一邊聽了，也跟著誇了下。

很快地，那邊廚子都被帶了出來，包括主廚在內一共有十二個人，還有廚房的幫工十八個。令林悠悠意外的是，主廚竟然是個女子，而且還是個正值妙齡的少女。面容生得普通，膚色略黑，但一雙眼睛卻是格外黑亮，像是天上的星子一般。

林悠悠見了，頓時心頭一動。這人長得有點像是黑丫。她在腦袋裡面設想了一下黑丫長開了的樣子，應該就是這般。只是黑丫像是炭一般黑，而這個姑娘膚色雖然偏黑，但還沒有那麼嚴重。

見林悠悠一直看著人，徐桑桑就在一邊說道：「那個就是孫主廚了，雖然年紀小，但是做菜手藝很好的，經常接各種宴席的活計。大家都傳言，孫主廚家裡應該是比較缺錢，才會接那樣多的席面。」

「她姓孫？」林悠悠聲音略微發緊。

她的黑丫也姓孫，這個會是她的黑丫嗎？

也許是因為看得過於專注，那邊的姑娘也看了過來。下意識的，林悠悠當即低下頭。

孫念悠剛才有一瞬間覺得心跳得很快，不禁看向某個位置，卻只看到烏泱泱的人，就轉開頭來。她如今這般，倒是很多人對她注目，有人看她也不奇怪。

孫念悠微微低頭的時候，就有衙役過來了，要給她戴上手銬。她忙就將手背在身後。

「問話是可以，為何要戴手銬？」

那衙役威風慣了，慣是個見風使舵的，本來念著是個小姑娘，還想著動作輕柔點，誰知道這小娘兒們給臉不要臉。

此刻，他也是公事公辦，所以伸手去拽孫念悠的手。

孫念悠當即皺了眉頭，想著好漢不吃眼前虧，就配合著吧，不然吃苦頭的還是自己。反正自己沒有殺人害人，是不會有事的。

那衙役見孫念悠這下挺配合的，頓時冷哼一聲。「敬酒不吃吃罰酒，剛才這樣不就好了！」

孫念悠只是冷了面色，沒有說話。

其他的人也都銬好了，京城府尹錢有桐就下了命令讓人帶走。

那衙役粗魯地去扯孫念悠，孫念悠被那大力扯得一個踉蹌，忙調整了步子才跟上。

錢有桐已經想好了，先該問的問一遍，沒什麼頭緒的話，就將那些沒有身分背景的拿來嚴刑拷打一番，總會有挨不住的招供，案子也就結了。這樣給苦主也有個交代，他也能得個能幹的好名聲。

錢有桐想得很好，在前面走著，只是還沒走出幾步呢，前面哐噹一聲巨響傳來，然後就是一行急匆匆的腳步聲。

這樣大的動靜，錢有桐也是嚇了一跳，當即停了步子，抬眼看去，就看到一個紅衣少女帶著一群護衛過來。

錢有桐覺得那少女看著有點眼熟，但一下子想不起來，只是本能地想要說好話，便說明這個少女不簡單。

他忙仔細去想，依著這個歲數的少女而他又需要小心對待的，很快就對上了。這是榮華郡主顧寶珠，當今陛下的親外甥女，長公主的小女兒。

想起了對方的身分，錢有桐整個人一下子就變了，當即滿面笑意地小跑幾步，到了顧寶珠面前。「小人給榮華郡主請安，郡主萬福金安。」

顧寶珠看都沒看錢有桐，直接越過他去了。

錢有桐忙看過去，就看到榮華郡主停在一個被手銬銬住的人面前，頓時心一提。

那邊，顧寶珠已經到了孫念悠的身邊。「黑丫，沒事吧？」

眼前的孫念悠就是當年的黑丫，如今已經長成了大姑娘。

孫念悠當年是叫孫黑丫，但是跟著顧寶珠來到了京城，顧寶珠的娘親長公主就覺得這名字總是不好聽，要給她另取個文雅的名字。

但當時的黑丫卻是不肯。她怕自己改名了，以後夫人找不到自己怎麼辦？最後想了個折衷辦法，大名給改了，叫念悠，念著她家夫人，小名依然叫黑丫。

這樣挺好的，孫念悠挺滿意，然後便改了名字。

當年，孫念悠跟著顧寶珠來到京城，顧寶珠一直將她當成姊妹一般對待，吃的住的用的一應和自己一樣。長公主也很喜歡孫念悠，待她也是極好，但孫念悠卻是不喜歡這些，她就喜歡做菜，後面更是自己找了個退休的御廚拜師。出師之後，就到處接席面，也不為什麼，她不缺吃的穿的喝的，就是喜歡做菜而已。

今日出門前還和顧寶珠約好了，做完這個席面，早點回去，晚上和她一起去河邊放燈許願。

這是她們兩個小姊妹約定好的，每半個月就去河邊放燈，許願能夠讓林悠悠平安回來。她們和劉彥一樣，沒見到林悠悠的屍首，是不接受她死了的。

寶珠在家裡，正在下人送上來的花燈上題字寫願望呢，就有人來報，說是孫念悠這邊出事了。她當即放下花燈，帶人趕過來了。

幸好她趕得及時，不然黑丫就要受苦了。瞧瞧這些人，辦案的本事沒有，折騰人的本事倒是厲害。她家黑丫就過來做個菜，還要被冤枉毒害人，簡直是倒了楣！哼，晚點就要告訴姊夫去，讓姊夫來治治這些人。

「還不打開？」顧寶珠盯著孫念悠手上的鐐銬，眼神跟帶了刀子一般。

錢有桐連忙小跑上前來，喝斥旁邊那個抓孫念悠的小衙役。「沒聽到郡主的話嗎？還不快給人解開！」

錢有桐的腦袋還是很清醒的，一看榮華郡主這樣，怕是和那女廚子感情不錯，這人就不好動了。畢竟榮華郡主身分貴重又得當今天子看重，時常進宮陪伴太后，若是得罪榮華郡主，那可是夠他喝一壺的了。

那個小衙役這會兒也是嚇得臉色發白，顫抖著手去拿鑰匙，手抖啊抖的，把孫念悠的手銬給解開了。

顧寶珠看到孫念悠手腕上有一圈紅印子，很是心疼，忙伸手給她揉，抱怨道：「這幾日妳也比較累，就跟妳說不要接這個席面了，妳還非要來。」

「我沒事的。」孫念悠倒是俐落爽氣，不是個柔弱的女子。

顧寶珠眨了眨眼睛，笑道：「今天妳可是受了大驚嚇了，待會兒我們去隔壁跟姊夫討個西瓜吃，我們一人一半。」

「哈哈，姊夫可寶貝那些西瓜了，平常都得磨破嘴皮子才肯給一個呢。」

孫念悠眼中也出現了懷念神色。夫人最是喜歡吃西瓜了。

記得以前在百麗城的時候，夫人每次看到有賣西瓜的，就要買好多個，放在水井裡面涼著。等到午睡醒來或是晚飯後將西瓜給切了，再吃一片，那就一個舒服，真是甜到心裡去。

她依然還記得夫人每次吃西瓜的樣子，微微瞇著眼睛，臉上都是笑意和開心。

只是，那麼好的夫人，現在在哪裡呢？

顧寶珠一見孫念悠這神情，就知道她又想到姊姊了，也跟著心情不好了，然後看到和孫念悠一起來做菜的人都被銬著，頓時發了火。

「這是要做什麼？好好來做個菜，還要被銬著，你這個京城府尹是怎麼當的？」

錢有桐本來是敬著顧寶珠的，畢竟人家是郡主，又是天子身邊的紅人。但是顧寶珠這會兒說話這樣不客氣，直接下他的臉，以後他還怎麼辦案？遂就不軟不硬地頂了回去。「縈華郡主，下官這是按章程辦事呢！王老夫人在宴席上被毒害而亡，那自然是這宴席的菜有問題了。下官自然要懷疑這些廚子，將人銬起來帶走審問有什麼不對的？」

顧寶珠咬了咬唇，一時間竟然還被錢有桐給問住了。錢有桐眼中快速閃過一抹得色。一個小丫頭片子罷了，沒計較那是給對方面子。

「那不知道是律法裡面哪一條這樣規定的？」

錢有桐正要將人都押回去審問的時候，又有一道聲音傳來。這聲音低低沈沈的，帶著點磁性。

林悠悠一下子跟著緊繃了起來，很努力才能控制住自己不去抬頭，不去看那個五年未見的男人。

是劉彥。他怎麼過來了？

也對，劉彥就住在隔壁，這邊發生了命案，這樣大的事情，對方定然也知道了，過來看看也是正常的。

林悠悠站在那裡，頭微微垂著，袖子下的手卻是輕輕抖了一下。

她想，對方這下心思不在自己這裡，自己偷偷抬頭看一眼，沒影響的吧？

第四十七章

林悠悠終究沒忍住，悄悄抬頭看了看，又趕忙低下了頭。

但劉彥的模樣卻已經深深入了她的心裡了。

依舊清雋的眉眼，五年過去，沒了少年郎的青澀稜角，整個人越發沈靜內斂，讓人看不出喜怒深淺。

這個驚才絕豔的男人，終於是展露了鋒芒。

她曾經的少年郎，可真是優秀啊……

林悠悠不知道，自己此刻的眉眼是多麼溫柔，一雙眼睛裡面全是歡喜。只是看了一眼罷了，就已經覺得歡喜了。

而那邊，劉彥也似乎有所感覺，第一時間立刻循著看去，卻只看到烏泱泱的人，並沒有什麼不同。

旁邊，錢有桐的雙腿已經忍不住瑟瑟發抖了。今天這是怎麼了，不就是死了一個小商戶的娘嗎？自己親自來，已經是很大的牌面了，怎麼尊貴的人物來了一個又一個？

榮華郡主還好說，雖然受寵，但到底是閨閣女子，影響有限。但這個劉相就不同了，這個人當真是能夠掌握他的生死，決定他烏紗帽的人啊！

別看劉相年輕，卻是實實在在的大權在握。當今陛下年事已高，這一、兩年來更是沈迷於尋仙問道、煉丹求藥，在這樣的情況下，劉相得了陛下的寵信，成了第一權臣，可見這個人的手段有多厲害了。

錢有桐忙畢恭畢敬給劉彥彙報情況。

「下官錢有桐，此次是接到有人前來報案，說是這江家壽宴上出了命案，所以前來看看情況。」

劉彥神色看不出喜怒，只是目光落在被銬起來的那些廚子身上，方才道：「那為何獨獨將這些廚子給銬起來了？」

對於這個，錢有桐自然是有話說的。「死者乃是中毒而亡，這個仵作已經驗證過了。目擊者也說了，死者死前口吐黑血，死後更是嘴唇烏青、指甲發黑，確認是中毒無疑。死者是宴席快開始的時候到來，一來就安排了位子，所吃所喝皆是席面上的東西。而這些東西乃是後廚所出，所以殺人凶手定然是在這些廚子裡無疑了。下官將所有的廚子都銬了，也是為謹慎起見。畢竟，殺人凶手就藏在其中，若是沒有先控制住，待會兒突然暴起殺人，如何是好？」

說得倒是有憑有據，反正顧寶珠是懟不回去的。但是她不會，她家姊夫會啊！

果然，劉彥轉頭看向錢有桐。「你覺得自己說得很有道理？」

語氣沒有任何起伏，聽不出情緒，錢有桐卻有種危機感。「下官不敢，下官愚鈍，請相爺指教。」

反正在劉彥面前，姿態放低點就沒事。

「如果是後廚的菜有問題，那為何獨獨一個人死了？這個問題，請錢大人回答一下。」

「可能是某個菜的一點點，恰好被死者給吃了。」

「那麼那一點點，做菜的人如何知道是上了指定的桌子，還恰好會被指定的人吃了？」

「這個……就需要進一步盤查和審理了。」

「看來錢大人是以為殺人者心血來潮，菜只弄了一點點毒，就想要隨便死一個人就是了？」

就這一下，錢有桐的腦袋突然就靈光了，當即道：「可能那殺人的廚子不是和死者有仇，而是和江家有仇，所以只要是害死一個人，攪黃了這個宴會，給江家帶來霉運就可以了，所以本來也沒有目標。」

「這些都是你的猜測罷了，同桌的人就沒有嫌疑嗎？」

這……同桌的當然也有了，可能就是身旁的人偷偷在碗裡下了毒。但是那一桌子都是年長的婦人，這要是給押回去，路上出個什麼事情，很是麻煩。畢竟那個年紀的婦人，下面兒子女兒後輩一堆，說不定就有哪個是厲害的呢！

為了穩妥起見，他還是將一看就沒身分背景的廚子抓了起來。但沒想到平日裡用習慣了的法子，今天會出問題。

「看錢大人辦案有失偏頗啊！」劉彥就這樣淡淡一句話，錢有桐卻是嚇得一顆心怦怦地跳。

這是什麼意思？說自己辦案能力不行，要將自己撤掉？

「這件案子由本相來審理吧！」

錢有桐忙低頭應是。但是劉彥接下來一句話，卻讓他如墜冰窟。

「而錢大人，也接受吏部審查吧！」

劉彥親自說讓吏部審查，吏部自然不敢放水。錢有桐肯定不是個屁股乾淨的。這麼一句話，他覺得自己的仕途毀了，恐怕還會有性命之憂。

劉彥就讓人不只將廚子帶走，也將那一桌的客人帶走，並且盤查其間有和死者接觸過的人。

這一盤查，竟然將徐桑桑的小姊妹也查出來了。

因為徐桑桑的小姊妹家和王家也有點交情，所以小姊妹的娘親就帶著女兒去拜見王老夫人。王老夫人看小姑娘生得玉雪可愛，就給小姑娘送了釵，親自給她戴上。小姊妹高興，當時還往王老夫人的懷裡鑽了鑽，以示歡喜之意。

而和死者這樣親密接觸過，自然也被放在嫌疑之列，要帶回去調查。

徐桑桑和這個小姊妹的感情最是要好，一看到衙役要上前去抓小姊妹，腦袋一熱，就站起了身。「不要！」

這一吼，大家頓時都看了過來。

林悠悠低著頭，悄悄伸手拽了拽徐桑桑，讓她不要正面槓上。

但徐桑桑可能是太緊張了，站在那裡，眼睛瞪得大大的，結結巴巴地道：「不會是青青的，她最是善良了……不信，苗苗姨也可以作證！」

她也是一個激動所以站了起來，這會兒有點害怕了，說完話，為了佐證自己，剛好林悠悠又扯著她，她伸手一拉，就將林悠悠扯到前面來。

林悠悠沒防備，猛然就被扯到了大家目光前面。

然後，就是一片死寂。

那瞬間，林悠悠腦海裡閃過無數畫面，想著待會兒是要承認自己的身分，還是不承認自己的身分？

嗯，不能承認。既然當初做了那個決定，她就是全新的林悠悠了，否則和劉彥又該如何是好？

林悠悠才做好決定，猛然就有兩個身影如炮彈一般衝了過來。

「夫人！」

「姊姊！」

林悠悠頓時被兩個力道狠狠抱住，低頭看去，兩個小姑娘一左一右緊緊抱著她的腰肢，腦袋也埋在她身前。正想說妳們認錯人了，胸前就感覺到了一片濕潤。

頓時，她的身子就僵在那裡。

這下，她已經無比確認了，那位孫廚子就是她的黑丫。

她的黑丫已經長成了大姑娘，也有了一手好廚藝，她很開心。

而她的寶珠也長大了，小時候就長得精緻漂亮，長大了之後就是傾國傾城的大美人。

林悠悠低頭看了看兩個小姑娘，也只是瞬間而已，然後快速收回目光，輕輕推開兩人。

顧寶珠和孫念悠順著力道退開幾分，兩個小姑娘都看著她，亮晶晶、濕漉漉的眼眸裡是如出一轍的歡喜。

林悠悠疑惑道：「妳們認錯人了，我並不認識妳們兩個。」

聽到這話，顧寶珠的眼淚落得更凶了，哭著說道：「姊姊，妳怎麼了，妳不認寶珠，不要寶珠了嗎？寶珠很想很想妳的，妳不要不認寶珠好不好？」

孫念悠也跟著落淚，一樣哭著道：「夫人，妳別不要黑丫了……沒有夫人，黑丫就沒有家了。夫人去哪裡，黑丫就跟著去哪裡！黑丫現在很能幹的，夫人妳別不要黑丫，將黑丫帶上吧！」

林悠悠覺得一個頭兩個大。這麼可愛惹人疼的兩個小姑娘，她實在不忍心。正在為難的時候，一邊的楊春花終於反應了過來，連忙上前來，像是怕林悠悠被搶走一般，伸手將林悠悠拉到身邊來，目光警惕地看向顧寶珠和孫念悠。

「妳們兩個真的認錯人了，這是我女兒江苗苗。我女兒和我在一起，從小就在邊陲的白雲小鎮長大，從來沒離開過。唯一離開過的時候，就是這次特地來京城給她爺爺過壽。妳們肯定認錯人了，只是長得有點像而已。」

顧寶珠和孫念悠不相信，兩雙眼睛依舊看著林悠悠。

林悠悠對兩個人歉然地笑笑，然後就牽著楊春花的手。「娘，我們去看看爹和爺爺那邊怎麼樣了。」

「嗯。」

楊春花就和林悠悠挽著手離開了。

顧寶珠和孫念悠在後面看著，腳步微滯，不知道該不該繼續跟著。

孫念悠小聲對顧寶珠說道：「那個肯定就是夫人，不管是容貌還是聲音，都是一模一樣，我不會弄錯的。還有，在夫人身邊我就很安心，剛才在夫人的懷抱裡，我又感受到那久違的感覺了。」

顧寶珠也跟著點頭。「沒錯，那肯定是姊姊，不會有錯的，我們跟上去看看。」

孫念悠卻搖了搖頭。「看夫人這下不想認我們，不知道是不是有什麼難言之隱？我們貿然前去，會不會壞了夫人什麼事情？」

顧寶珠一聽，也覺得很有道理，就止住了步子。兩個小姑娘手拉手在那裡商量著，最後結果就是要回去找人查一查夫人這幾年發生的事情，看是不是被人威脅了，或是遇到了什麼事情。

原先尋找夫人時毫無頭緒，無異於大海撈針，無論派出去多少人，都是一點用也沒有。如今卻不一樣了，已經找到了夫人，再順著這條線往回找，那就是輕而易舉的事情。

兩個小姑娘商量好之後，這才反應過來。劉彥呢？

她們轉頭去看劉彥的身影，卻發現人已經不在了，再一問，原來他已經帶著案件的相關人等去府衙，早不在這裡。

顧寶珠頓時皺了皺秀氣的眉毛，嘟囔道：「姊夫看到姊姊不開心嗎？不激動嗎？怎麼還去判什麼案子，都沒過來看一眼嗎？」

「公務要緊，畢竟是人命官司呢。」孫念悠比較善解人意，幫著解釋了。

顧寶珠也就將這事拋開了，她興沖沖地拉著孫念悠回去。得找人調查一下這件事情，說不定姊姊這下就陷入了麻煩裡，正等著她們去救呢！

另一邊，林悠悠和楊春花去看望了江永壽和江老太爺，見都還好，就告辭先回去。

回到家裡，林悠悠就有些心神不寧，回房間去睡了。

然後她就作了個夢，夢見自己和劉彥久別重逢，激動難耐，情不自禁地靠近再靠近。

然後就覺得這感覺好像格外真實，唇齒間有點疼，一股血腥味瀰漫。

感覺如此真實，疼痛也是實實在在的，像是真的一樣……

林悠悠一個激靈，突然睜開了眼睛。眼前一片黑，正是深夜，伸手不見五指的，卻能夠感覺到一個人壓在自己身上，正吻著她。

林悠悠瞬間睜大眼睛，牙齒狠狠一咬，雙腿更是用力一屈，對著男人最脆弱的地方使出吃奶的力氣來。

身上的人果然痛得悶哼一聲，然後翻身跌在了地上。

林悠悠忙擁被坐起，就要張口大聲喊人的時候，卻聽到夢裡熟悉的聲音響起。

「是我。」

她動作一頓，整個人也僵在了那裡。

是劉彥，竟然是劉彥！

在江家老宅的時候，劉彥並沒對她多關注，她以為對方可能已經放下了。沒想到，夜深人靜的時候，卻摸到了她的房間來。

林悠悠沈默，劉彥卻是不會沈默。他有些受傷地從地上爬起來，然後坐在床邊，苦笑著說道：「怎麼了？想喊人嗎？我和自己的娘子親熱有錯嗎？」

林悠悠低垂著眼睛，反駁道：「我不是，我叫江苗苗，根本不認識你。」

「呵。」

換來的是劉彥的一聲嗤笑。

她實在不知道該如何處理自己和劉彥之間的關係。

劉彥卻不放過她，繼續說道：「怎麼，不說話了？繼續反駁啊？讓我聽聽妳還能說出什麼謊話來？」

林悠悠依舊沈默。此刻兩人已經心知肚明對方是誰了，再去抵賴什麼的，都顯得沒有意義。

看林悠悠這樣，劉彥只覺得心裡頭更加氣憤，還夾雜著疼痛。

他聲音低啞。「我哪裡做得不好？妳可以跟我說，我都會改的。為什麼要不聲不響地離開我，一點機會都不給我？」

劉彥說得動情，走過去，兩隻手掐著林悠悠的肩膀，將她給扳過來，讓她面對自己。

「看著我，跟我說為什麼？」

「劉彥，過去的事情就讓它過去吧。我們已經錯過，已經是這樣了，不要追究過去是為什麼了，我們向前看吧！」

這話卻跟點了炸藥桶一樣，讓劉彥瞬間失控。

他掐著林悠悠肩膀的手更加用力，一雙眼睛也是猩紅，裡面滿是瘋狂。

「林悠悠，妳跟我說過去？」

「對。」

林悠悠點頭。既然已經做了決定，也已經過去了五年，他們是無論如何也回不到五年前了。

劉彥卻是怒極，猛地撲過去，狠狠地吻住林悠悠。

林悠悠掙扎起來，劉彥卻又軟了身子，輕輕柔柔、慢慢地吻著。

林悠悠本來是努力掙扎的，但是唇邊感受到了溫熱的液體，她的動作就是一頓。

劉彥……他哭了嗎？

那麼驕傲的一個人，竟然落淚了。

劉彥看著林悠悠愣神，也緩下了動作，額頭貼著她的額頭，似是無奈而空洞，又帶著絕望地說道：「好，妳說過去，那就過去吧。」

話落，他猛然抽身離開，打開房門，人就融入了濃濃夜色當中。

林悠悠依舊擁著被子坐在床頭，目光卻看著大開的房門，以及外面深深的夜色，似是還想看到那個已經看不到的身影。

次日，林悠悠生病了。

雖然現在天氣熱了，但是她一個晚上沒睡，又心思重得很，房門大開，吹了一夜的風，早上便徹底起不來，還發起了熱。

這可是將楊春花和江永壽嚇了一跳。林悠悠的身體一直挺好的，這五年來，連風寒都很少，更是從來沒有發熱過。這下猛然病了，還凶猛得很。

楊春花趕緊讓江永壽去找大夫來，江永壽也是著急慌忙就出了門，卻是愣了。他也才到京城啊，多少年沒回來了，哪知道去哪裡找大夫啊？

真是急昏頭了，轉身準備回去，讓下人去請個大夫過來。

只是這時候，卻是被人叫住了。

「老大爺您好，您是這隔壁的住戶嗎？」

這聲音如泉水，還帶著一點磁性，很是悅耳。江永壽下意識轉過頭去，然後就看到一老一少站在那裡。

老的那個頭髮鬍子發白，精神卻是很好，一雙眼睛也很有神，此刻站在那裡，微微摸著鬍子，神色很是溫和。

旁邊那個年輕的，芝蘭玉樹，一身青衫磊落如青松，一雙眼眸如星子般。

看到這兩個人，江永壽急躁的心似乎都被撫平了一些，回道：「我正是這家的主人，不知道兩位有何貴幹？」

「在下劉廣三，這位是我的親戚，今天剛剛搬來，正巧住在隔壁。」

劉廣三，這個名字聽著實在怪異得很，和這人的模樣很不相符。不過，名字這種事情都是父母取的，說不定有什麼特殊含義，自己不知道呢。

這是隔壁新搬來的住戶，對這些事，江永壽也不是很懂，因為他們一家子過來住不到五天，原先隔壁住著什麼人也不知道。不過既然對方這麼好說話，也是好事。

現下他卻是有急事。「不好意思，家裡女兒病了，我這急著回家喊人去請大夫呢，就不招待二位了。等改日得了空閒，再請二位過府一敘。」

江永壽說完話就要走了，卻聽後面輕笑一聲，道：「那可真是巧了，我旁邊這位族叔也算是精通醫道了，就讓他給看看吧。」

江永壽一愣，看了看那老先生有些仙風道骨的，年紀又在那裡，倒真像是個醫術厲害的大夫。既然有緣碰上了，就請進來吧，不然再找人去找大夫，一來一回的也耽誤。

江永壽忙做了個請的姿勢。「那真是感謝二位了。」

一老一少就隨著江永壽進了宅子。

在鎮上的時候，那裡民風開化，又不是個富貴地方，沒那麼多講究，所以江永壽沒覺得帶著二人去女兒閨房有什麼不妥。

只是進房間的時候，倒是看了那年少的一眼，那年少的當即解釋道：「我也跟在族叔身邊學過一些，算是藥童了，可以在一邊打下手。」

那就罷了。江永壽就讓開了。

二人入了房間，楊春花轉過頭來，倒是訝異了，沒想到竟然這麼快。

她讓開位置，讓老大夫過去。

老大夫把了脈，說是沒什麼大礙，只是風邪入體，開幾服藥，吃個三天就能好。

楊春花和江永壽聽了自是大喜，老大夫就說藥材隔壁就有，待會兒他們回去取了，讓身邊這個姪兒送過來，兩人自然是千恩萬謝。

在迷迷糊糊之中，林悠悠睜開了眼睛，就看到一個熟悉的背影。

那是……劉彥？

她現在渾身發熱，腦袋裡暈乎乎的，沒辦法仔細思考，只是閃過這樣一個念頭，然後又昏睡過去了。

第四十八章

隔壁的劉大夫說是三日就能大好，果然三日後，林悠悠就能起身了，行動也頗為自如，除了虛弱一些，其餘的都沒什麼不妥。

對此，那大夫還給開了食療的方子，讓她吃著養身體，將這次大病虧損的精氣神給慢慢養回來。

因此沒幾日，林悠悠就生龍活虎了。

也是這時候，她才知道了隔壁搬過來一對叔姪。

「我們如今來了京城，妳爹就想在這裡養老了。畢竟落葉歸根，妳爹原本就是京城的人，自然不想再離開。既然留在這裡了，那麼以後跟隔壁相處的時間還多著，自然要好好維繫關係。

「這次隔壁給妳看診，抓的藥材也是隔壁拿的，對我們來說也是不小的恩情了。正好趁此機會，請隔壁的過來一起吃頓飯，熟悉熟悉，也感謝一下這次給妳看病的恩情。」

林悠悠點了點頭，這是應該的。

「苗苗，妳廚藝好，妳說說我們要做些什麼來招待隔壁的叔姪兩個呢？」

對於這個，林悠悠自然是擅長的，很快就擬定好了菜單及甜點、水果。

一家三口又商量了一番，既然決定要請客，那自然是越早越好，就定在了明日。
吃完早飯，江永壽就去隔壁說了。
本來以為過去就是說一聲的事情，頂多再坐著喝一杯茶，客氣一番就是了，沒想到這一坐就坐了兩個時辰，實在是看天色都快要吃午飯了，才趕緊回來。
回來後，江永壽臉上還帶著笑意，吃午飯的時候，一直在誇讚隔壁的那對叔姪。
「那個叫廣三的後生很是不錯，說是讀書人，身上有秀才的功名，家裡長輩也做著一些生意，家裡算是富裕的，真是一個不錯的後生。」
江永壽絮絮叨叨誇讚著，楊春花聽了也連連點頭，夫妻兩個都想到一塊兒去了。
他們兩個如今年紀都大了，就怕走了以後，林悠悠無依無靠，所以心裡一直都有個願望，想要讓她找個可靠的人，好託付終生。
如今遇到隔壁的那個後生，就覺得很好，學識不凡又很知禮，若是能夠和自家閨女湊成一對，老倆口就是作夢都會笑醒。
反正成與不成再說，先幫著促成看看。
所以江永壽一頓飯的功夫就在那裡說好話，後面楊春花也幫著說。
林悠悠沒聽出來，心裡藏著心事，對其他的事情都不感興趣。老倆口說得熱火朝天，只有遇到問她的時候，她才會應上一、兩聲。
這個模樣落在老倆口眼裡，就是林悠悠不排斥的意思，於是勁頭更足了。

到了第二日一早起來，吃過早飯，林悠悠就開始準備起今日的午餐來。不知道隔壁的口味，林悠悠打算做些中規中矩的家常菜。

林悠悠在廚房做菜，楊春花要給她打下手，卻被林悠悠轟了出去。廚房裡又悶又熱的，老太太年紀大了，別整病了。反正家裡有廚娘，讓廚娘打個下手就可以。

楊春花拗不過林悠悠，叮囑一番就出去了，到了花廳，就看到江永壽在那裡擺茶具，也跟著幫忙。

沒一會兒，下人就過來稟報了，說是隔壁的兩位先生過來。江永壽和楊春花忙就迎了出去。

叔姪兩個前來拜訪，自然帶了禮物。帶來的三個禮物中，給江永壽的是一包上好的茶葉，江永壽最愛的西湖龍井。

江永壽一看，眼睛差點都挪不動了。他生平最喜歡的事情就是泡茶，其中最愛的就是西湖龍井了。

而送給楊春花的是一個玉鐲，那玉鐲碧綠通透，色澤青翠欲滴，就是她最愛的顏色和色澤，恰到好處地入了楊春花的心坎裡。

楊春花當年為了生計，將所有的嫁妝都當了，最苦的時候，頭上就是用一根木釵給綰著的。有了錢，就喜歡這些金銀玉器的。

而送給林悠悠的，則是一盒點心。

楊春花將禮物拿到後面去，悄悄打開那盒點心看了一下，裡面有各色八種點心，一個個小巧玲瓏，看著就想吃。剛好她家苗苗就是個吃貨，看了定然歡喜。

江永壽邀請二人去了花廳，一邊泡茶一邊說話。

差不多時候，林悠悠的午飯也準備好了。

菜是讓下人上的，林悠悠則是回了房間，去換了一身衣裳來。

畢竟自己生病時，是對方給自己診治好的，也該當面去道謝。

林悠悠換上一身淡藍色衣裙，頭髮上簡單插了一根碧玉簪子，不會太素淡，但也不會失禮，就去了花廳。

還沒進入花廳，就先聽到了江永壽和楊春花誇讚自己的聲音。

「這些菜都是我家苗苗親手做的。不是我自誇，我們家苗苗的廚藝那是真的好。那日江家壽宴上的菜色雖然也很好，但是和我家苗苗的比起來，還是有所不如。」

江永壽說著這樣自誇的話很自然，一副與有榮焉、眉目飛揚的樣子，比他自己厲害還要高興。

林悠悠覺得這老倆口實在有些不靠譜，忙快走幾步，到了花廳，喊道：「爹，娘。」成功打斷了老倆口的自賣自誇。

聽到聲音，江永壽和楊春花轉過頭來，看到林悠悠，就笑著招呼道：「快來，坐這裡。」

林悠悠一看，是背對自己的那個年輕男子的旁邊。

男子今日穿著一身白色長衫，像是松柏一般挺拔，此刻安靜坐在那裡，並未回頭。

林悠悠來不及細想，走到了桌邊，在那個年輕男子的身邊坐下。

然後，耳邊就傳來了那個熟悉到令她心頭戰慄的聲音。「江小姐好。」

林悠悠僵硬地轉過腦袋，就看到劉彥那貨竟然已經登堂入室，坐在她旁邊。

「苗苗，這次多虧了劉小先生和他的叔叔劉老先生，妳的病才能好得這麼快、這麼好。」

林悠悠不管心頭的驚濤駭浪，只能道謝。「謝謝二位了。」

「江姑娘不必客氣，只是舉手之勞罷了。」

劉彥回答，聲音像是一汪清泉，叮咚悅耳。

這頓飯，林悠悠吃得食之無味，心思千迴百轉，在想劉彥這是什麼意思，想做什麼？

而飯桌上，江永壽和楊春花在那裡活絡氣氛，劉家的兩人也很是配合，一頓飯下來，賓主盡歡。

其間，劉彥更是對林悠悠所做的飯菜讚不絕口，這讓楊春花高興不已，笑得見牙不見眼的。

這一頓飯，就只有林悠悠完全不在狀態，內心七上八下的。

吃完飯，楊春花就提議去後院的涼亭坐坐，那裡涼快些。

讓人拿了點心和水果，於是幾人又轉道過去。在涼亭落坐，楊春花看了看準備的點心，就推了推林悠悠。「苗苗，妳早上不是準備了奶茶嗎？去端過來，也讓妳劉叔和廣三嘗嘗。」

林悠悠在席間就知道劉彥改名了，叫什麼劉廣三的，一開始還沒反應過來，後面才想明白，這是將彥字給拆了的。

林悠悠點了點頭，起身去了。正好趕緊離開一下，不然在劉彥的視線之下，她總覺得自己無所遁形。

林悠悠去了後廚，磨磨蹭蹭的，才端著一個托盤回去。卻在半道上的一棵松樹下，看到了劉彥。

她走近了幾步。「你這是要做什麼？」

「我看妳許久沒過來，就過來先等著了。」

「我不是說這個。你為何出現在我家，為何住在隔壁？」

劉彥卻是露出了受傷的神色。「妳說要讓過去的過去，我不忍讓妳為難，就讓過去的過去了。但是我輾轉反側無數個日日夜夜，終究沒能過了自己這關。我實在是放不下妳，所以妳告訴我，我該怎麼辦？」

「你可以……」

「不用說了，我做不到。除了妳，其他的事情我都做不到。我們都給彼此最後一次機會好不好？就三個月，三個月後妳仍然不能接受我，我就離開，給妳自由。」

劉彥的眉眼之間全是情意，孤注一擲般地看著林悠悠。

林悠悠的心滿是波瀾，最後也決定給彼此一個機會。

「好，我答應你。」

劉彥終於露出了一個開心的笑容。那笑容特別真實，是從心底發出來的。

接下來，劉彥總能找得到機會過來做客，也表達了自己對於蕙質蘭心的江苗苗很是喜歡，希望能夠娶其為妻。

對此，江永壽和楊春花差點沒忍住要一口答應下來，讓人直接上門提親，想著他們好歹是女方，要矜持矜持，說自己就一個女兒，也不是那種賣女兒的人家，也要看看女兒的意思。

劉彥自然說應該的。

因此，有了江永壽和楊春花兩人助攻後，劉彥更加可以登堂入室了。

比如這日，林悠悠午睡起來，準備去廚房裡面煮點花茶，就在去廚房的路上看到了劉彥。

彼時，劉彥正在那裡幫著楊春花搭黃瓜架子呢，林悠悠就停住了腳步，忍不住多看了幾眼。

今日，那男人穿了一身淺藍色衣裳，此刻將袖子挽著在那裡幫忙，一點也看不出是權傾朝野的劉相。他一邊幫忙，嘴角也帶著恰好的笑意，看著就很好說話。

反正看他和楊春花相處得很好，把楊春花哄得多開心。

那男人在認真做事的時候，真的特別有魅力，林悠悠看得有些出神，等到劉彥和楊春花二人走到面前了才反應過來，頓時覺得面上一熱。

楊春花給女兒解圍。「苗苗起來了啊。昨晚颳風下雨的，院子裡的黃瓜架子就倒了，這不，前面聊天的時候，聽說妳劉家哥哥小時候也種過這些，就請過來幫忙了。妳看，這搭得確實挺好的。」

林悠悠看了看，也跟著點了點頭。「確實挺好的。」

「苗苗，剛才妳劉家哥哥說家裡在城外有個莊子，冬暖夏涼，是個避暑的好地方，邀請我們一起過去住幾天呢。苗苗妳看如何？」

林悠悠下意識就去看了劉彥，見對方一雙眼睛滿是期待和星光，就點了點頭。

劉彥就說要回去安排一下，明日請人過來接他們。

去郊外的莊子避暑遊玩，劉彥自然很快就打點妥當了，次日就找了寬敞舒適的馬車過來，載著一家人一同往莊子而去。

這個莊子在郊外的半山腰上，旁邊是小樹林，還有一條河流經過莊子，可謂是山清水秀，也確實涼爽許多。

下了車，站在莊子門口，還沒進去呢，楊春花就忍不住感嘆道：「苗苗，這地方真是不錯，涼爽得很。在這裡睡午覺，應該是極舒服的。」

林悠悠點了點頭，也覺得是這樣。

「我們進去吧，裡面的景致也很是不錯。」劉彥笑著邀請大家。

大家這就一起進了莊子，早有莊頭等著，劉彥也沒安排很多人，就莊頭和其妻子兩人一邊帶路，一邊解說。

首先進門就是一個小池塘，池塘裡種了荷花，還有魚在其中嬉戲。過了小池塘，後面是一片鬱鬱蔥蔥的蘆葦。

過了那叢蘆葦，面前豁然開朗，是一條小河，河上有一座木橋，木橋那邊就是莊子裡的人住的房子，錯落有致，充滿了鄉土氣息。

宅子自然是不如城裡的那般精緻好看，但也收拾得乾淨整潔。青石板的地上乾乾淨淨的，顯然是精心打理過，周遭的高樹花木也都有維護，處處充滿了野趣。

莊頭先帶大家到了主宅那邊住宿的地方，先將東西放下，略微休息一番再去逛。

住宿的地方是在一個種滿葡萄架的院子，此時正是葡萄收穫的季節，因此葡萄藤上一串一串的葡萄掛在那裡，個個飽滿，讓人看著就想吃。

「這裡確實涼快。」江永壽開心道。

楊春花也笑道：「能不涼快嗎？這裡是郊外，不像城裡人那麼多。而且這兒還是在山上，加上裡面有河有水的，就活了，自然是涼快的。」

此時，劉彥也已經去隔壁院子休息了。

林悠悠回了房間，將東西放下，就在床上躺了一會兒。一路上顛簸得有些累了，先躺躺養養神。

誰知道就睡了過去。這些日子以來，城裡實在悶熱，都沒怎麼睡好，到了這裡倒是格外清涼，竟然睡了過去。

他們是吃了早飯過來的，加上林悠悠又睡了一覺，再醒來的時候就到了午飯時間。

她走出院子的時候，院子裡面恰好有一個小丫頭在掃地。雖然在掃地，但是也輕手輕腳的，基本沒有弄出什麼動靜，在房間裡睡覺的林悠悠絲毫沒有感覺到。

小丫頭看到林悠悠醒了，就笑著道：「小姐醒了，主子他們幾個在水榭中間的涼亭那邊。」

說著話，小丫頭將掃帚放到一邊，要給林悠悠帶路。

林悠悠跟著小丫頭走，先是走過一處瓜果滿園的菜地，然後就是一個水榭，水榭以曲橋連著，中間是個涼亭。此刻，三人都在涼亭裡坐著，從遠處看去，劉彥在一邊泡茶，幾人言笑晏晏地談笑著，氣氛很好。

看到這樣和諧的畫面，林悠悠眼神有幾分迷離。這樣的情景，歲月靜好。若是能一直如此，該多好。

這一刻，她心頭頑固的東西似乎鬆動了。有些堅持其實也沒那麼重要，人活著不就是活在當下，當下開心不就是最好的嗎？

一瞬間，她覺得自己的心都是自由的，想愛便愛，不再被這時代框住，不再害怕，不再退縮。

林悠悠面上帶著笑意，輕快地走在曲折的環橋上，不一會兒就到了水榭中間的亭子邊。正在喝茶說話的三人也停下了動作，看了過來。

楊春花看到林悠悠，頓時笑道：「苗苗，妳起來了正好，我們就要開飯了。都是這邊莊子的特色，待會兒可是有口福了。」

說到吃的，林悠悠也期待了起來。

很快地，一個婆子端著一個大大的托盤走了過來。婆子先將托盤放在桌子一邊，然後將桌上的茶具收拾一番，這才將托盤上的菜一一擺上。

先上來的是一碗湯和兩個菜。湯是雜菌湯，湯汁煮成奶白色，看著就鮮。然後兩個菜，一個是剁椒魚頭，還有一個是筍乾炒肉。

都是家常菜，聞著味道卻很香，反正林悠悠覺得食指大動。一早上就趕路，很是有些饑腸轆轆了。

婆子將三個菜放好就下去繼續上菜了。

劉彥笑著邀請道：「我們先吃吧，還有幾道菜。」

大家動了筷子開吃，林悠悠先盛了一碗湯，果然和想像中的一樣鮮美。這些雜菌應該都是周圍山上摘的野菌，鮮得讓林悠悠想將舌頭給吞下去。

喝了一碗湯，她才開始吃菜，味道也很不錯，帶著很獨特的家鄉味。這裡的菜沒有那麼多花裡胡哨的擺盤，也不精緻，但材料都是十足十的，原汁原味。

這一頓飯，她吃得心滿意足。

吃過午飯，就是一天最熱的時候了，這時候就是想去哪裡玩，身子也是吃不消的，因此大家就回去休息，傍晚時再來逛一逛莊子。

劉彥說莊子裡面有一個大果園，等晚了帶大家一起去摘一些果子。

楊春花和江永壽年紀大了，奔波了這大半日，確實累了，回房就睡了。但林悠悠卻是睡不著。

無事可做，她就盯上了院子裡那顆顆晶瑩剔透的葡萄了。

於是，她搬了一張凳子，拿了一個小籃子，就去院子裡摘葡萄。

踩上凳子，正好搆得著葡萄，林悠悠沒兩下就摘了大半籃子，正準備收工下去的時候，卻看到旁邊有串很大的。那串葡萄特別黑特別大，可能是因為面向太陽，一定特別甜。

於是，林悠悠伸手過去摘。還挺重的，就這麼一串葡萄，怕是能有兩、三斤。

她用力一扯，葡萄是被摘下來了，但是因為力道過大，身子不穩，連人帶板凳往一邊倒下去。

她頓時眼睛睜大，下一刻，人卻沒有摔在地上，反而是落入一個溫暖、帶著松木香的懷抱裡。

抬頭一看，果然是劉彥那張清雋的臉。

第四十九章

劉彥將人緊緊抱在懷裡，腦袋埋在林悠悠的脖頸之間，低沈沙啞的聲音流瀉而出。

「答應我，以後不要做這樣危險的事情了。我害怕。」

林悠悠的身子也忍不住輕輕顫了顫，那一刻，她也害怕。

她伸手，緊緊回抱住了劉彥。

劉彥的眼睛猛然睜大，身子退開幾分，雙手捧起林悠悠的臉，仔細去看她臉上的神色。

只見此刻林悠悠臉上滿是明媚的神色，一雙眼眸裡溢滿溫柔。

「悠悠。」他輕輕喊著，似是不敢確定。

「是我。」林悠悠卻是粲然一笑，一雙眼睛彷彿盛滿了星光一般，璀璨動人。

劉彥立刻又緊緊將林悠悠抱入懷中。雖然他心裡知道，無論如何，他都不會再讓對方離開自己，就算不擇手段也在所不惜，但若是能夠讓她心甘情願，那才是得償所願。

而此時，幸福來得太突然了，他幾乎不敢相信。

「悠悠，真好，真好。」

劉彥又退開幾分，將自己的額頭貼著林悠悠的，感受著對方的呼吸，感受著彼此的存在。

林悠悠也很認真地看著劉彥，看著這個讓自己心裡曾無數煎熬的男子。如今，兩人總算是走到了一起。

既如此，她還有什麼好畏懼的呢？那麼，勇敢去愛吧，去相守吧！

兩人只是這般擁抱著，都覺得心被填得滿滿的，無比幸福了。

如此過了好久，兩個人才平復了心情，拉著手在葡萄架下坐著，開始說事情了。

林悠悠就說當初被新知府的人追著，然後跳入水中，腦袋碰到了石頭，被沖到了岸邊，幸虧被楊春花和江永壽夫妻兩個救了，否則她如今當真就是一抔黃土了。

聽到這話，劉彥的臉色頓時白了白，將林悠悠的手握得更緊，嘴裡也是感激道：「這次確實應該多感謝楊春花和江永壽夫妻兩個，只要有我在，定然讓他們夫妻兩個下半輩子順心順意。」

兩人聊了很多，說起了很多過往的事情來，也解開很多心結和誤會。

劉彥說，那個時候得知林悠悠落水而亡、屍骨無存的時候，他始終不相信，所以不肯為她辦喪事，覺得終有一天她會回來的。

但家裡人還是瞞著他，偷偷辦了個簡單的喪事。

至於那個村花，劉彥連名字都記不清楚了，會有牽扯是因為她是林悠悠的表妹，想要從她口中多聽一些關於林悠悠的事情，否則他覺得自己活著都沒了意義。

待對方沒有了可以說的，劉彥就不再見她了，沒多久，對方就嫁人了。

林悠悠頓時伸手捶了捶劉彥，笑道：「你這算不算過河拆橋，卸磨殺驢？」

劉彥一把抓住她的手，輕輕揉了揉，說道：「那也是對方居心叵測，明明是妳表妹，卻還想踩著妳來和我搭關係，那我這般做也不算是過分。那時候妳是因為看到我和她說話，誤會了我見異思遷，所以離我而去嗎？」

聊天的時候，林悠悠說起自己回去過。

她眨了眨眼睛。「也不全是。」

她也不知道那個時候是什麼心情，若是沒有那什麼表妹，自己會如何？過去的事情終究已經過去，她無法複製當時的心情，不知道換一種情況，自己會做出什麼選擇。

劉彥似乎也沒真指望她能夠給出一個答案。都是過去的事情，那些也都已經是回憶，當下兩人能夠在一起，就是最好的結果了。

林悠悠靠在劉彥懷裡，突然想到了大丫的事情，問道：「當時大丫的事情，後面如何了？你有替她討回公道嗎？」

聽到這話，劉彥看了林悠悠一眼，然後就笑了，笑容裡面帶著幾分肆意。「妳覺得呢？」

不用說，她知道那次聯合陷害大丫的人，一定都很慘。

果然聽劉彥說，雖然當時中了舉人，但那徐大師有些背景，一個小小舉人還不能夠讓對方傷筋動骨。不過待他中了狀元就不一樣了，衣錦還鄉的時候，自己都不用做什麼，就去縣令府上坐了坐，縣令大人就給他討了公道，讓那些罪有應得的人都得到了懲罰。

當初是繡鋪老闆娘的女兒嫉妒大丫得到徐大師的青睞，暗中設計大丫偷盜。這其中，老闆娘的女兒、老闆娘以及當時幫著作偽證的一個繡娘都是跑不了的。而後得知了真相，依舊要包庇的徐大師，也是別想跑。

後來，知府判決那老闆娘的女兒、老闆娘以及徐大師，還有那個作偽證的繡女四人毀去雙手，還要賠償大丫一大筆錢，讓這四人幾乎傾家蕩產。

「可算是大快人心了！」林悠悠開心道。

劉彥點了點頭，繼續說道：「三年前，大丫和我一起來到了京城，我給她找了一個真正的大師，大丫憑藉自己的毅力和天賦感動了那位大師，讓那位大師收為徒。今年，大丫的繡品就已經很是出色了，自己還開了家繡鋪，生意很是不錯。」

這樣真好，大丫沒有被當年的那件事情影響，以後的生活也不會差了。

「那二丫、三丫、四丫呢？還有，二嫂還有再生孩子嗎？」

二嫂李氏一連生了三個女兒，在劉家裡是最沒地位的，幹得最多，吃得最少，沒有兒子總是挺不直腰桿子，如今不知道如何了？

說到這個，劉彥的目光頓時幽深起來。「三年前，二嫂生了一個兒子。當時難產，差點一屍兩命，雖然最後救了回來，但是二嫂拚命生下來的兒子卻是個體弱的，常年都要吃藥。

「三個丫頭對廚藝很感興趣，想去拜師學藝，但是二嫂不讓，覺得女孩子學那麼多有什麼用。加上她和小兒子身體都不好，家裡家外的需要有人搭把手，覺得家裡有三個丫頭正好。後來是家裡情況好了，我給家裡請了幫忙做活的婆子，更是和二哥談了，二嫂才肯讓我帶走三個丫頭。

「如今，我在家裡買了不少田地莊子，所以家裡人不缺吃穿，什麼都不幹就能夠衣食無憂了。這邊京城我也置辦了宅子，只是他們大部分時間喜歡待在村子裡，偶爾會來京城住一段時間。

「大哥和二哥夫妻比較憨厚老實一些，不太敢闖，基本都是守著老家的產業過活。但三哥卻是個膽子大的，五年前，我來京城考試，他就跟著來了，後面就在京城做起了生意，如今在京城開了三家雜貨鋪，生意火得很。

「爹娘的身體都好，如今也在村子裡，上次來信說是下個月會過來。到時候大家也都會過來，一起過個團圓的中秋。余伯和陳招娣跟著我來了京城，如今一個給我做內院管事，一個做外院管家。」

聽到這些，林悠悠心下頗為感慨，總的來說，大家都算是比較安穩了。就算是二嫂，心裡也是開心的吧，終於得了一個兒子。

若是沒有劉彥的發達，劉家還是窮困潦倒，二丫三丫四丫的命運又會如何？算了，想那些也沒有用，總之現在結果都是好的。

「那個害妳的姚定坤和姚雙慶，還沒等到我出手，就已經被長公主出手給整治了。長公主愛女如命，知道對方三番兩次想要染指女兒，氣得渾身發抖，據說派去處理那叔姪兩個的都是手段狠辣的，將那叔姪兩個給剝皮抽筋了。」

對於那兩人，林悠悠是沒有半點可憐的。真真是禽獸不如，不論受到什麼樣的懲罰都是罪有應得，她如今知道了，心下大為暢快。

「那雲來酒樓那對夫妻呢？」

「如今怕是在哪裡乞討吧？」至於具體在哪裡，劉彥沒關注，也不是很清楚了。

但這些都不重要，林悠悠對這個結果也很是滿意。

「我在百麗城的鋪子怎麼樣了？」

「關門了。因為妳做滷肉的秘方沒人會，妳不在，鋪子自然就開不下去了。」

好吧，她到時候在京城裡再重新開一間鋪子吧，看心情做吃的，滷肉啊酸菜魚啊田螺煲啊，反正看心情做美食。

劉彥這邊的事情說得差不多了，就輪到林悠悠說起這些年的事情。

她這些年的生活也很是簡單，回到小鎮後，就一直和楊春花、江永壽住在一起做吃食買賣，慢慢發家，將食鋪開遍了大江南北，如今也可以說是腰纏萬貫了。

劉彥眸色動了動。「妳要是想做江苗苗也可，只要是妳，無所謂什麼身分和名字。」

他那雙眼睛看過來，清淩淩的，彷彿洞悉了一切一般。

林悠悠有種感覺，劉彥似乎早就看透她了，一直清楚她是誰。

她只覺得口裡發乾，眼睛微微睜大，問道：「你知道我是誰？」

聽到這話，劉彥就笑了。「曾經，我是不喜歡我娶的妻子的，但是後來，我慢慢發現妻子變了，變得越來越好，變得我再也移不開眼光，變得讓我深深淪陷，不可自拔。一個人的靈魂可以從眼睛裡面看出來，即使皮相完全一樣，但是靈魂不同的話，那雙眼睛裡透出的光也是不一樣的。

「原來的那個人，眼睛裡面的光是渾濁的。但妳眼睛裡的光，是清亮透澈的，像天上的月光一般，讓我捨不得挪開眼睛。」

劉彥突然將話說得這樣煽情浪漫，讓林悠悠的臉都紅了，心裡卻是止不住的甜蜜。果然劉彥一直都知道，知道自己喜歡的是誰。

身邊在乎的人始終都在，那就是最好的安排了。

接下來幾日，幾人在莊子裡都玩得歡喜，摘菜、摘水果、下河捕魚、坐船採蓮蓬……反正一個個玩得開心不已。

林悠悠也是心情極好，其間還下廚好幾次，讓大家嘗了好些美味。

在莊子裡待了差不多半個月，楊春花說想要回去了，大家便決定明日打道回府。

林悠悠先是找了江永壽，說了自己和劉彥的事情。

「五年前落水那次，我和劉彥有些誤會，就分開了，如今誤會已經解開了。」

江永壽這邊是好說，畢竟他一直知道她是誰。只是楊春花那邊就有些為難了。楊春花老年喪女，本來痛不欲生，神智不清，身體也很差，是林悠悠來了，給了她安慰，所以楊春花如今身體不錯，人也有精神。

這若是猛然讓楊春花知道林悠悠並不是江苗苗，不知道是否能夠接受得了打擊。

江永壽想了想，說道：「我找個合適的機會，將這件事情告訴老婆子。」

第五十章

第二日一大早，林悠悠就去了隔壁院子看江永壽和楊春花。江永壽早早就坐在了院子的石凳上，眉目鎖著，滿是愁緒。

林悠悠幾步走過去。「是不是娘親不大能接受？」

江永壽轉過頭來，看著林悠悠，長長嘆了一口氣。「悠悠，我昨天試探問了一下，老婆子反應很大，怕是接受不了。妳也知道，她年紀這般大了，身體也不是很好，受不得刺激的。」

林悠悠已經做好準備，此刻聽到江永壽這般說，心裡也不難受，笑道：「沒事的，我也做了這麼久的江苗苗，也覺得挺好的，很幸福。」

「我知道妳受委屈了。妳本來就不是苗苗，如今為了老婆子而要成為苗苗，孩子妳受委屈了……」

江永壽說得眼中含淚，也很是愧疚，正準備伸手摸摸林悠悠的頭髮，旁邊卻是一聲巨大的響動傳來。

兩人齊齊轉頭看去，就看楊春花站在不遠處的樹旁，面色煞白，不知道聽了多久。

林悠悠和江永壽兩人大驚，連忙起身走過去，卻是已經來不及，只見楊春花眼睛慢慢睜大，然後一下子就倒了下去。

「老婆子！」

江永壽大叫一聲，嚇得肝膽俱裂，一個快步將人給接住。但楊春花已經昏了過去。

兩人連忙將楊春花送回房間。劉彥也趕了過來，先請了莊子上的大夫過來看。

大夫說是受驚過度，一下子接受不了，扎一針就能醒，但是也委婉說了，楊春花年紀大了，身體也不好，再受不得刺激了，否則會對壽數有礙的。

過沒一會兒，楊春花就醒了，一直抓著林悠悠的手，眸中全是淚。

林悠悠也忍不住哭了，回握住楊春花的手，哽咽道：「娘，怎麼了？我是苗苗啊，妳的苗苗啊！妳得好好的，說過還要給我找個好人家，看我生兒育女的。」

楊春花嘴唇動了幾下，最後還是顫抖地說道：「這些年，我一直做著糊塗人，裝作不知道，其實我心裡都是知道的，只是一直在騙自己。悠悠，妳是叫悠悠吧？謝謝妳做了我五年的女兒。這五年，我很開心、很幸福，真的。」

聽到這話，林悠悠的眼淚流得更凶了。

「不管我是苗苗，還是悠悠，我都是您的女兒啊！我沒有父母了，您和爹就是我的父母。不僅我是你們唯一的親人，你們也是啊！血緣並沒有那麼重要的，我們一起五年的感情比什麼都重要……娘，我和劉彥和好了，以後還會有孩子，娘得將身子養好起來，以後就能帶外孫了啊！」

林悠悠說著，楊春花原本眼裡有些死氣沈沈的絕望，慢慢被她說得眼睛亮了。

「妳還是我的女兒？」

「當然，除非娘和爹不要我。」林悠悠趕忙回答。

楊春花嘴角綻放了一個笑意。「好，我要好起來，還要帶外孫。」

她會大受打擊，也是因為害怕林悠悠就此離她而去，一下子心神俱裂，沒了盼頭。但此刻知道林悠悠不會離開，未來還有可愛的外孫，頓時又充滿精神了。

本來一早是打算要離開莊子回城的，但如今楊春花病了，自然不適合舟車勞頓，遂又在莊子住下，等楊春花的身子將養好些了再回去。

楊春花在養病期間，和江永壽商量了，要正式收林悠悠為乾女兒，將來家裡的一應東西都留給她。為此，還要去官府立個文書，不然她擔心等兩個老的去了後，江家老宅那些人會不要臉地來搶，林悠悠卻是不怎麼占理的，怕是會吃虧。

這種時候，江永壽也不含糊，點頭表示回到城裡就儘快去辦這件事情。

楊春花還以為江永壽會不答應呢，畢竟江永壽對老宅還有感情，擔心他要留一些給老宅。

對此，江永壽解釋道：「這些本就是悠悠賺的，在悠悠來我們家之前，我們開的那間吃食鋪子，也就勉強餬口罷了。自己有多少本事，我還是了解，所以這些東西就該是屬於悠悠的。」

楊春花倒是難得對江永壽刮目相看。這個男人，雖然有的時候感情用事、優柔寡斷，但關鍵時刻還是拎得清的。

又在莊子裡待了半個月，天氣沒那般熱了，楊春花的身子也好了，一行人就打道回府。林悠悠都擔心劉彥再這般整日不務正業，陪著他們在莊子裡逗貓遛狗的，會不會被罷官。

對此，劉彥只讓她安心，如今還沒人敢罷他的官。而且他不在京城，那些人高興自在得很呢。

回了京城，才安頓兩日，劉彥那邊就收到了消息，老家的人後日就會到京城了。

林悠悠有些緊張。多年未見，不知道大家如何了，見到她是否高興？

劉彥沒有察覺到林悠悠這些小心思，如今他整日整夜都被一個問題困擾著——他和自家小娘子還沒圓房呢，如今就撓心撓肺地想著要和對方圓房。

以前的自己，喜歡一個人都喜歡得小心翼翼。那時候，自己羞澀內斂，不敢說出口，沒想到卻真的沒了說出口的機會。

到了現在，早已經不是少年人了，他不再羞澀，但依舊小心翼翼，因為對方是他放在心尖上珍愛的人，只想將最好的都給對方，看不得她受一點委屈。

劉彥這一晚喝了點酒，給自己壯了壯膽子，然後在月上柳梢的時候，摸進了林悠悠的房間。

林悠悠才剛入睡，迷迷糊糊的，半夢半醒間，最先是鼻尖聞到了淡淡酒香，很是好聞，也醺得她有些飄飄然。然後是一個溫暖的懷抱，將自己抱住了。

溫熱的氣息鋪灑在自己的臉上、脖頸間，是那熟悉的味道，她就往前湊了湊，嘴角露出滿足的笑意來。她的身體很誠實，已經表達了她的心意。

心愛的人不斷往自己的懷裡湊，就是神仙也忍不住啊，反正劉彥是忍不住了。

他低下頭去，輕輕吻著林悠悠，一點一點，從蜻蜓點水到輾轉深入，直將林悠悠給吻醒了。

林悠悠睜開眼睛，還有些迷茫，看到眼前放大的俊臉，有種作夢的感覺。難道自己在作春夢？

只是這想法才生起，劉彥的手就已經不老實起來，在她身上四處遊走，不停點火。

這不是作夢，竟然是真的！劉彥這傢伙什麼時候進來的？又是怎麼進來的？

不過，她很快就沒有心思想這些了，感覺整個身子都軟了。早在和劉彥和好的那一刻，她就想好了會和他魚水交融的這日，只是沒想到這傢伙竟然還要喝酒壯膽，半夜摸進來。

只是，這念頭也就是瞬間，她就不由自主被劉彥帶入了另一個世界中。

那個地方，只有她和劉彥，只有他們兩個人。

次日，林悠悠醒來的時候，只覺得渾身痠軟，再一看外面，已經天光大亮了，忙伸手去推劉彥。

「快起來，都這個點了，待會兒爹娘過來找我，看到我們在一個房間裡面怎麼辦？」

劉彥本來也是醒著的，只是閉目養神，陪著林悠悠睡一會兒。這會兒被林悠悠推著，就睜開了眼睛。「沒事，爹娘早上來過了，我已經出門說了妳昨夜累著，他們就很高興地離開了。」

「你這個禽獸！」她一腳將劉彥給踹下了床。

江永壽和楊春花也是才知道隔壁住的小書生，自稱劉廣三的人，竟然就是如今權傾朝野的劉相爺，真是差點瞪出眼珠子來。本來兩人還有些誠惶誠恐，但劉彥卻半點沒有架子，依舊待他們親厚，也很敬重。

而且他們也聽說了兩人的故事，知道這五年裡，劉彥潔身自好，半點沒有拈花惹草，等著一個大家都以為死掉的人，因此看到兩人同房也不覺得有什麼，畢竟兩人本就是夫妻。

這日早上，林悠悠起得遲了，但廚房裡依舊溫著她愛吃的飯菜。劉彥親自端了過來，柔情密意地想要餵她吃飯，林悠悠頓時像是趕蒼蠅一樣地將劉彥趕走了。這男人還是和以前一樣內斂就好，如今這樣實在不太習慣。

劉彥走了不過半個時辰，寶珠和黑丫兩個小姑娘就急匆匆過來了。

「姊姊。」

「夫人。」

兩人雖然已經是大姑娘了，但是此刻看到林悠悠，依舊激動得衝進了林悠悠的懷裡。

林悠悠忙一左一右將兩個人攬入懷中。「寶珠，黑丫。」

寶珠和黑丫埋在她的懷裡，只覺得無比安心，無比滿足。

過了好一會兒，寶珠才抬起頭來，開始告狀了。「姊姊，我們本來早就要過來看妳的，都是姊夫拘著我們，不讓我們過來。」

林悠悠眨了眨眼睛。這確實是劉彥幹得出來的事情。

黑丫也在一邊補充道：「老爺說是不能破壞他的計劃，等到他和夫人和好了，才讓我們兩個過來見妳。還恐嚇我們，說如果我們偷偷過來見妳，壞了計劃，讓妳再次離開了，以後就再也見不到妳了。」

「別聽他瞎說，姊姊怎麼捨得再離開妳們。」

「嗯，那說好了，姊姊可不能再偷偷離開了。就算要離開，也要記得帶上我們兩個。姊姊可以不要姊夫，但不能不要我們。」

「嗯，好，一定，就算不要姊夫，也不能不要妳們兩個小可愛。」

寶珠和黑丫頓時開心得破涕為笑。本就是荳蔻年華的少女，此刻喜笑顏開，容顏嬌俏，越發惹人疼、惹人歡喜了。

林悠悠抱著兩人，心裡頭滿滿的。這樣可真好啊！

又說了一會兒話，寶珠就道：「我娘知道了姊姊，就說想要見見姊姊，當面感謝一番。當初若不是姊姊，寶珠此刻怕早不知道在哪裡了。」

林悠悠點了點頭。「我是得找個時間上門拜訪。只是明日劉家的人都上京來，我這兩日怕是抽不出空，得過完中秋了。」

明日劉家的人回京，這件事情寶珠自然也是知道的，乖巧地點點頭。「好的，我回去和娘親說。」

事情就這般定下了。看著兩個小姑娘，林悠悠心情大好，心情一好，她就想做點美食。

於是，她帶著兩個小姑娘去了廚房。黑丫如今已經能夠獨當一面，帶進廚房，兩個人也可以一起探討美食。寶珠呢，純粹就是想去蹭吃的。

「姊姊，我都五年沒吃過妳做的東西，太想念了。」

聽了這話，林悠悠的心頓時軟得一塌糊塗，當下決定要做一桌滿漢全席，好好補償一下兩個小姑娘。

東坡肉、宮保雞丁、魚香肉絲、藕盒、豆腐丸子、牙籤肉、仔薑鴨、涼拌木耳、清炒時蔬、酸辣白菜、醉三鮮以及魚頭豆腐湯。甜品做了酸梅湯、三色芋圓和楊枝甘露。

這麼一桌菜做完，整個江家都瀰漫著香味，饞得隔壁的小孩都哭了。

劉彥聞著味兒來了廚房，看到做好的一道道美食，眼睛也是亮了亮，然後暗含嫉妒地看了寶珠和黑丫一眼。看來自己還不夠受寵，兩個小姑娘一來，媳婦就恨不得使出渾身解數，做了這麼一大桌子的菜。自己呢，就只有被媳婦踹下床的命運。

江永壽和楊春花也是被這霸道的香味勾得饞蟲大動，自然最後都吃撐了。

看著大家吃得開心滿足，林悠悠心裡也歡喜。

吃完飯，寶珠和黑丫也不願意離開，依舊膩在她身邊，要和林悠悠一起午睡。

劉彥自然是滿心鬱悶的。昨日才真正的和心愛之人在一起，正是情熱的時候，此刻午睡，他也想要和悠悠一起睡，也不做什麼，就是想要同床共枕。萬萬沒想到，竟然有這兩個小丫頭霸占了他心愛的悠悠。

看著劉彥氣鼓鼓的樣子，林悠悠就覺得可愛。伸手揉了揉他的腦袋，安慰了一番，然後就一手一個如花似玉的小姑娘，一起去睡午覺了。

但劉彥發現，不僅是中午，晚上這兩個小丫頭依舊沒有離開，霸占了屬於他的位置。

算了，忍了，劉彥就去隔壁睡了。雖然不能同床共枕，那也要找一個離對方最近的地方睡覺。

第五十一章

次日，就是劉家眾人到達的日子。

一早，林悠悠就起來了，有些緊張。五年沒見，不知道大家如何了？

寶珠和黑丫也跟著起來，一左一右地挽著林悠悠，要和林悠悠一起去接劉家人。她們擔心劉家人會欺負林悠悠，要一起去撐場子。

吃過早飯，一行人就坐了馬車去城門口等著。

約莫等了一盞茶功夫，劉家的人就到了。

一共是三輛馬車，當先下來的是鄭氏。鄭氏如今可算是過上了好日子，家裡田地莊子鋪子不少，在老家重新修建了氣派的大宅子，當真是村子裡的獨一份了，青磚綠瓦，前面是小花園，後面種了瓜果蔬菜，極為氣派。

不僅如此，家裡還請了婆子丫鬟門房，反正現在都不用幹活了，日常就是聊天說話，再巡一下自家的產業，好日子過得劉家人經常作夢都笑醒。

鄭氏如今不管走到哪裡，都被人稱作老夫人。這不，鄭氏下了馬車，身邊還跟著一個小丫鬟。小丫鬟圓臉，個子不高，白皮膚，生得不算特別漂亮，但是看著很討喜，臉上總是帶著笑。

鄭氏第一眼看到的自然就是劉彥了，三步併作兩步就到了兒子面前，正要好好打量一番呢，餘光就看到一個熟悉的身影，整個人僵住了。

她不可思議地緩緩轉頭，眼睛就瞪大了。「悠悠?!」

「娘。」林悠悠當即甜甜喊了一聲。

看到鄭氏，她也頗為懷念，腦海裡慢慢浮現出過往不少畫面來。

鄭氏不錯眼地盯著林悠悠看，眼淚就落了下來，伸手抓了林悠悠的手，又抓了劉彥的手，將兩人的手握在一起，哽咽道：「很好，很好……你們兩個以後就好好在一起。」

這一刻，林悠悠感受到了鄭氏的濃濃祝福和希冀。

直到回了宅子裡，林悠悠還是一頭霧水，不知道鄭氏為何這般開心。畢竟劉彥等了她五年，其間應該有無數高門貴女、名門閨秀想要嫁入劉家，她以為鄭氏多少對她有點遷怒。

但是瞧著剛才那勁頭，鄭氏的歡喜那麼情真意切，就像是看到了失而復得的女兒一般，實在讓她有些迷惘。

林悠悠悄悄掐了掐劉彥，小聲道：「娘看到我這麼高興嗎？」

「當然了，我們所有人都在等著妳回來。」

劉彥悄悄捏了捏林悠悠的指尖，一雙眼睛裡的溫柔深情幾乎要滿溢出來。

林悠悠心裡頓時就跟吃了蜜一樣甜，眼睛裡也充滿了光。

到了宅子，林悠悠想去下廚，給大家做一桌接風洗塵宴。這麼多年沒見了，她也懷念曾經在劉家做飯的日子。但是大家根本不給她這個機會，不說劉彥，就連鄭氏也不肯，一直拉著她的手，絮絮叨叨說著這些年的事情，說家中的每一個人如今都過得很好，就差她一個，否則幸福都不圓滿。如今她真的活著回來了，不枉費劉彥的一腔深情了。

「老四媳婦，妳就儘管坐著吧，有人去做飯的。這次回來，我將廚子也帶上了，徐娘子做得一手好飯菜，妳應該也會喜歡的。」

「是啊，這事就讓我去做吧。」

一個圓臉，胖胖的婦人走出來，笑著接話，就去後廚忙活了。雖然劉家如今也算是一朝鯉魚躍龍門，成了高門大戶，但多年的習慣也改不過來，雖然買了下人，卻沒有什麼嚴格規矩，反而一開始下人們自稱奴婢老奴的，還讓劉家人極為不適應，讓人不要那般拘束。

劉家人是吃過苦的，覺得如今日子這般好了，就該好好過，也不能為難別人。

接著，大家就在花廳裡坐下，很快有丫鬟上了茶水點心，還切了西瓜來。

劉老三一看到西瓜，頓時就嘖嘖道：「哎呀，這還是沾了四弟妹的光呀，不然老四的那些西瓜，我們從來只有看只有想的命，可是沒有福氣吃啊！」

林悠悠頓時轉頭去看劉彥。前面就聽寶珠和黑丫抱怨過了，說劉彥緊張那些西瓜，沒想到劉家人又說了。想到劉彥寶貝西瓜的樣子，以及以前吃西瓜時皺眉忍耐的樣子，林悠悠覺得自己愛這個男人，簡直愛到了心坎裡。

一大家子熱熱鬧鬧地坐一起說話，時間過得很快，一下子就要吃飯了，熱騰騰的飯菜上了桌，吃到嘴裡，味道果然不錯。沒有精緻的擺盤，菜色也不華美，但就是有種舒服味道，是家的味道。

鄭氏看著林悠悠，笑道：「味道如何？徐娘子的手藝不錯吧？」

「嗯，很好吃。」林悠悠笑著說道。

這頓飯吃得熱鬧，大家很是歡喜。如今的生活多好啊，大家都健健康康、生活富足，還有什麼不滿足的呢？

因為生活好了，三個嫂子對林悠悠也是和顏悅色的。

三個嫂子如今也和從前大不一樣了，穿上舒服的棉布衣裳，頭上手上都有首飾，整個人從內到外都變得自信，人也更加從容了。

飯後，三個人也是笑盈盈地拉著林悠悠說話，很是關切她這些年的生活。

林悠悠和劉彥回房的時候還有些恍惚，原來事情並沒有她想像中的那麼複雜，是她總是將事情往最壞的方向想。

劉彥直接將在發呆的人抱上床，直到被人壓在身下，林悠悠才反應過來，頓時沒好氣地瞪對方一眼。「走開，這麼熱的天。」

劉彥還真就起來了，下了床，跑出門去。

林悠悠也跟著半坐起來，想著劉彥這是真的離開了？只是這個念頭才起來，就看到他抱著一個盆子進來了，手上還拿著一把蒲扇。

劉彥將門關上，將盆子放在地上，頓時一陣涼意傳來，感覺房間裡沒那麼熱了。

林悠悠定睛去看，原來是冰盆，這樣確實涼快多了。

劉彥拿著扇子又回到床上，身子半撐著，給林悠悠打扇子。

「睡覺吧，我給妳搧著，不熱了。」

林悠悠真閉上眼睛，果然涼爽，整個人也沒有那般躁熱了。也不知道是不是因為劉彥在旁邊的緣故，比較安心，所以這一覺睡得挺舒服的。

半夜，迷迷糊糊間，她還感覺到旁邊有人在打扇子。

林悠悠和劉彥在一起後，也就自然而然地住在了一起。

她一部分時間住在江家老宅旁，因為那地方有西瓜地，還有各種其他劉彥搜羅的水果，布置得也很合林悠悠的心意，所以她喜歡住在那裡。其餘時間，就是和楊春花、江永壽一起住。

這般過了幾日，林悠悠空閒了，就去了長公主府拜訪。寶珠一直說長公主想要見見她，當面感謝她。

感謝自是不必了，但那是寶珠的親娘，這些年也對黑丫多有照拂，她也應當去拜見一番。

到了這日早上，林悠悠早早起來，做了幾道精緻的點心，有甜口的也有鹹口的，一共湊了八種，圖個吉利。

到了長公主府，才下馬車，就看到寶珠和黑丫在等著了。一看到她，當即歡喜地走過來，一左一右挽著她進去了。

長公主是個挺和氣的人，氣色還好，雍容華貴，但頭上卻是有不少白髮，據說是當年丟了寶珠，整個人一蹶不振，差點活不下去，就是那時候身子虧空得厲害。雖然後來找回了寶珠，去了心病，也一直在養身體，但還是差了一些。

長公主一直拉著林悠悠的手。「悠悠，真的是太感謝妳了，如果不是妳救了我們家寶珠，我這把老骨頭也是活不成了。」

「殿下不要這樣說，能夠遇見寶珠，也是我的福氣。寶珠聰明漂亮，就像是我的妹妹一樣，我也很喜歡。」

「以後有什麼需要我的地方儘管來找我，只要我這把老骨頭能夠辦到的，都一定辦到。」

兩人說了一會兒話，長公主有些累了，就先去休息，讓寶珠招待林悠悠。

寶珠當即就拉著林悠悠去了後院。「後院種了茶花，有的開花了，可好看了，還有十八學士呢！」

林悠悠聽了也挺感興趣，就跟著一起去後院，卻見一個頭髮綰著的年輕婦人正在茶花前面垂淚。那年輕的婦人聽到動靜轉過頭來，看到是寶珠，當即目光一顫，身子一縮，就趕緊離開了，顯然是怕了寶珠的。

寶珠看到對方這個樣子，當即撇撇嘴。「每回看到我就跟老鼠看到貓一樣，真沒意思，到底是誰害誰呀！」

剛才那個婦人生得極為清純嬌美，再加上眼中含著淚，當真是楚楚可憐。林悠悠就好奇問道：「那人是誰呀？」

寶珠就道：「那是我姪女顧清華。」

林悠悠眼睛當即瞪大。那不就是清華郡主嗎？書中劉彥的妻子，和劉彥伉儷情深，被傳成一代佳話的女子。

寶珠繼續說道：「當初就是這人帶著我出去玩，然後騙了我，讓我走丟，才會被人販子給拐走的。我回來的時候，正是府裡準備跟舅舅請封她為郡主的時候，誰知道我回來了，她的郡主夢泡湯了。

「不僅如此，我還揭發了她的真面目。我娘氣得狠了，不要這麼惡毒的孫女，當時要將她除族的，是我大哥大嫂苦苦哀求，大嫂更是在我娘門外跪了一天一夜。沒辦法，除族這事情只能作罷，但是以後顧清華的一應吃穿用度及嫁妝都是比照著庶女來的，對外也說是因為犯了不敬長輩的錯。

「也算是讓她好過了，後來找了一個家世不錯的人家嫁了。一開始兩人倒是恩愛得很，不到一年就生了一個女兒。但是後來那人就變了樣，不停納妾，不僅是家裡有美妾，外面還有貌美的外室。

「日子不好過，清華時常回來哭訴，要讓國公府和我娘給她作主呢！但是她當年幾乎害死我，我娘一輩子都不會原諒她，怎麼可能為她作主？而且這個夫君也是她自己挑的，本來家裡給她說的是一個家世一般但人品不錯的人家，可惜她看不上，自己在外面宴會勾搭了一個。

「我娘沒發話，家裡沒人敢給她作主。我大哥大嫂上次就已經因為除族的事情忤逆我娘，這次卻是再也不敢了，否則我娘說了，再廢話就一起跟著出國公府。所以，那邊知道她不受寵，就更加無所顧忌，變本加厲。沒有娘家庇護，這也算是對她的懲罰了。」

林悠悠也忍不住唏噓，沒想到原書的女主角最後是這樣的下場。

晚上回去見到劉彥，她還忍不住仔仔細細地端詳了劉彥一番。「嗯，看著就是沒眼色的樣子。」不然在書裡也不會看中那個表面純善、內裡惡毒的清華郡主了。

如果不是自己恰好救了寶珠，揭露了清華郡主的惡毒面目，怕是那人如今就是金尊玉貴的清華郡主了。

算了，那些終究都是書裡寫的東西，只是一行一行的文字。而此刻，在自己面前的是活生生的人，不一樣的。

所以，在劉彥伸手過來的時候，林悠悠也配合地伸手過去，兩人相擁著滾到了床上。

一年後，兩人感情一直如膠似漆，劉家也沒有人催生。對此，林悠悠實在奇怪，終於在一個晚上對劉彥嚴刑逼供。

劉彥這才說了原因，原來她離開後，劉彥一度想出家。那時候，他書房裡放著好多佛學的書，他想研究前世因果，想著這一世不能在一起，那就來世一定要在一起。

這可是嚇壞了鄭氏和劉家全家人，好說歹說勸劉彥不要放棄，林悠悠至今沒找到屍首，可能還活著，被別人救了起來，可能還在養身體，很快就會回來。

如今林悠悠回來，劉彥終於不會再有出家念頭，不用孤獨終老，他們已經很歡喜，準備燒高香了，這種時候還催生什麼啊，順其自然就好。

要是再不行，這不姪子也很多嗎？到時候過繼一個什麼的都不是問題。反正劉家如今家大業大的，總不會讓劉彥和林悠悠老了無依無靠。既然這樣，還有什麼可以操心的呢？現在的日子不好過嗎？既然好過，就不要再多生事端了。

對此，林悠悠深受感動。

「以後我們都要好好在一起。」她認真地對劉彥說道。

劉彥笑著點頭。「好。」

以後他們一起走，隨心出發。孩子就隨緣，不管男孩女孩，一個就好。沒有也不遺憾，畢竟他們有了彼此，已經有了世上最珍貴的東西了。

——全書完

2021年11月出版

寧富天下

文創風 1005～1007

人處於下風，想飛，自然得借勢。
她如今一無所有，能被當棋子是件好事！

金無足赤，人無完人，情卻有天作之合／鶴鳴

面對養父母一家的真摯親情，陳寧寧甩開原身的自私念頭，
拿出自小戴在身上的玉珮典當，解除家中的燃眉之急。
無奈禍不單行，當鋪掌櫃見她家可欺，便構陷她偷竊要強佔寶玉，
她只得衝向街上行軍隊伍的鐵騎前，以命相搏。
所幸為首的黑袍小軍爺明察秋毫，為她解了圍，還重金買下她的玉。
手頭有了足夠的銀兩，家中的困難可說是迎刃而解，
不過她仍是讓家人低調行事，畢竟家裡遭遇的災禍，並非偶然，
而是秀才哥哥先前仗義執言，惹了上頭的腐敗官員所致。
可如今從她躲在家種菜養魚，到她買下一座破敗山莊開始發展，
遇上的難題都會默默化解，彷彿她家從未遭受過打壓。
這讓她總覺得被人盯著，也不知想圖謀什麼，心裡不安穩。
直到那黑袍小將找上門，拿著一種解毒草的種子問她能否培育出來，
她頓時明白是誰在暗處幫忙，因為種藥草的手藝她並未外傳。
「軍爺是我家的救命恩人，為解令兄之毒，我自當全力以赴。」
人情債難還，如今這要求於她來說不過舉手之勞，何樂而不為呢？

2021年10月出版

扶瑤直上

文創風1003~1004

既然從現代回到古代，那可不能浪費腦中的知識！
沒有手機、看不到電視、上不了網都無所謂，
智慧深植於骨子裡，她要勇往直前，翻轉世人對女子的印象……

俏皮文風描繪達人／若涵

要說有什麼比「穿越」這件事更令人匪夷所思的，
那肯定是她原本就是個道地的古代人，
只是靈魂不知怎麼的跑到現代，
還害別人在丞相府默默代替她活了十六年吧……
不過夏瑤向來想得開，就算一睜眼即是洞房花燭夜，
她也能「從容就義」、「視死如歸」……
等等，這位新郎官長得會不會太帥了一點啊？!
行行行，既然老天賜了個讓人看了就流口水的丈夫，
那她就「勉為其難」地待在這副身體裡不走，
努力宣揚新時代女性自立自強的思想，
當個「驚世駭俗」的超猛人妻！

2021年10月出版

文創風 1000～1002

三寶娘親正走運

在上蒼所示的預言書中，她和兒子們不只沒有主角光環，
還淪為陪襯「正主」好命的淒慘配角——不是早死，就是身殘，
好在為母則強，要扭轉這一切，就由她努力改命活下來，
勢必要把孩子們的人生，從敗部復活翻轉為勝利組！

親娘要改命，養兒大轉運／慕秋

因為一場夢，喬宜貞意外窺見預言未來的金色大書，
才知道自己這個世子夫人竟然只是跑龍套的配角！
她短命也就罷了，沒想到丈夫還拋家棄子跑去當和尚，
放任三個兒子人生崩盤，一死一殘一重傷，都沒有好下場，
嚇得她從鬼門關前直奔回來，決定花重本養好自己的身子，
畢竟當娘的人有責任管好孩子，先求不長歪，再來講究成材。
孰不知，她挺過這場死劫之後，福運就連綿不斷接著來，
先是陰錯陽差地尋回失散的公主，後又將流落在外的皇后送回宮，
惹得皇帝龍心大悅，一道分家聖旨下來，直接讓丈夫襲了爵，
她一夕之間晉升為侯夫人，往後人生徹底遠離了惡婆婆，
閒散的丈夫也脫胎換骨，對內待她忠貞不二，在外為官頗有清名，
她有信心，夫妻倆攜手養兒的人生，將會活成令人豔羨的神仙眷侶！

風 文創
1015

短命妻求反轉 下

國家圖書館出版品預行編目資料

短命妻求反轉 / 錦玉著. --
初版. -- 臺北市 : 狗屋出版社有限公司, 2021.12
冊 ; 公分. --（文創風 ; 1014-1015）
ISBN 978-986-509-273-3（下冊 : 平裝）. --

857.7　　110018441

著作者　錦玉
編輯　張蕙芸
校對　黃薇霓
發行所　狗屋出版社有限公司
地址　台北市104中山區龍江路71巷15號1樓
電話　02-2776-5889～0
發行字號　局版台業字845號
法律顧問　蕭雄淋律師
總經銷　知遠文化事業有限公司
電話　02-2664-8800
初版　2021年12月
國際書碼　ISBN-13　978-986-509-273-3

本著作物由北京晉江原創網絡科技有限公司授權出版

定價260元
狗屋劃撥帳號：19001626
網址：love.doghouse.com.tw　E-mail：love@doghouse.com.tw